평원

평원

제럴드 머네인

박찬원 옮김

은행나무세계문학 에세 · 19

은행나무

"마침내 우리는 문명화된 인간을
즉각적으로 받아들일 준비가 된 땅을 발견했다……."
토머스 리빙스턴 미첼
《호주 동부 내륙 세 번의 탐험기》

차례

일러두기
1 원문의 이탤릭체는 고딕체로, 대문자로 강조한 부분은 볼드체로 표기했습니다.
2 본문의 각주는 모두 옮긴이의 것입니다.

하나

20년 전, 내가 처음 평원에 도착했을 때 나는 줄곧 눈을 뜨고 있었다. 그 풍경에서, 나는 보이는 것의 이면에 어떤 정교한 의미가 존재한다는 것을 알려줄 무언가를 찾고 있었다.

평원에 이르는 여정은 내가 훗날 묘사한 것보다는 훨씬 덜 고단했다. 내가 호주를 떠났다는 것을 언제 깨달았는지 알 수도 없었다. 그러나 나는 주변의 평평한 대지가 점차 오로지 나만이 해석할 수 있는 곳으로 느껴지던 날들이 이어지던 일은 선명히 떠오른다.

그런 날들에 내가 마주했던 평원은 끝도 없이 다 똑같지는 않았다. 때로는 야트막하고 널따란 계곡도 보였는데, 가운데에는 빈약하나마 시내가 흐르기도 하고 여기저기 듬성듬성 나무들과 한가로운 소 떼도 있었다. 또 때로는 전혀 아무것도 없을 것 같은 드넓은 시골 저 끝에서, 언덕임이 분명한 것을 향해 도로가 오르기도 했고, 그러고 나면 앞에서 또 다른 평원이 평평하고 헐벗고 압도적인 모습으로 나타났다.

어느 오후 도착한 큰 마을에서 말하는 방식과 옷 입는 스타일을 보며 내가 제법 멀리 왔다는 것을 알아챌 수 있었다. 그곳 사람들은 멀리 떨어진 외딴 중심가에서 보게 되기를 바랐던 그런 독특한 평원 주민은 아니었지만, 그때껏 지나온 것보다 더 많은 평원이 내 앞에 기다리고 있음을 알았기에 괜찮았다.

그날 밤늦게 마을에서 제일 큰 호텔 3층 창가에 섰다. 일정한 간격을 두고 늘어선 가로등 너머 어두운 시골 쪽을 바라보았다. 북쪽에서 일어난 따뜻한 바람 한 줄기가 다가왔다. 가장 가까운 풀밭에서 솟구쳐 올라오는 바람 안으로 몸을 기울였다. 얼굴을 가다듬으며 여러 가지 강렬한 감정을 표현해보았다. 그리고 마치 영화 속 인물이 자신이 속한 장소를 발견했다는 사실을 깨달은 그 순간 할 법한 말들을 속삭였다. 그러고 나서 다시 방 안쪽으로 물러나 나를 위해 특별히 놓인 책상 앞에 앉았다.

나는 몇 시간 전에 여행 가방들을 풀었다. 지금 내 책상에는 메모지가 든 폴더, 카드 상자, 번호를 매긴 메모지들이 끼워진 여러 책들을 쌓아놓았다. 그 제일 위에는 중간 크기 공책이 있고 이렇게 쓰인 라벨이 붙어 있었다.

내륙

(영화 대본)

배경 메모와

영감을 주는 자료의

카탈로그로 가는 마스터키

나는 **가끔 드는 생각 — 아직 카탈로그에는 미수록**이라고 라벨이 붙은 두툼한 폴더를 꺼내 이렇게 써 넣었다.

이 지역에는 내가 누구인지, 내가 여기서 무엇을 하려는지 아는 이가 단 한 사람도 없다. 지금 (흰 물막이 판자에 붉은 철제 지붕을 이고 넓게 뻗은 건물에 후추나무, 벽오동, 줄지어 선 에셀나무가 장악한, 메마른 커다란 정원이 딸린 집 안에서) 잠자리에 든 이곳 평원 주민 모두 내가 머지않아 드러내게 될 평원의 풍경을 본 적이 없다는 것을 생각하면 이상하다.

나는 다음 날 호텔 1층의 술집들과 라운지 사이 미로를 헤매며 보냈다. 아침 내내 푹신한 가죽 안락의자에 혼자 앉아, 중심가로 난 창문들의 닫힌 베네치아 블라인드를 비추는, 참을 수 없는 햇빛을 뚫어지게 바라보았다. 구름 한 점 없는 초여름이었고, 강렬한 아침 해는 크고 깊숙한 호텔 베란다 안까지 들어와 있었다.

이따금 머리 위 선풍기에서 좀 더 시원한 바람을 맞을 수 있을까 싶어 얼굴을 약간 젖히곤 했고, 내 술잔에 맺히는 물방울을 옹시하며 평원을 괴롭히는 극한 날씨를 긍정적으로 생각했다. 언덕이나 산의 억제력이 없어, 여름날 햇빛은 새벽부터 해 질 때까지 이 대지 전체를 점령했다. 겨울에 탁 트인 광활한 공간을 휩쓰는 바람과 소나기는 인간이나 짐승이 몸을 피하는 몇 그루 나무로는 꺾이는 법이 없었다. 세상에는 몇 달 내내 눈 아래 파묻히는 대평원도 있다는 것을 알았지만, 나의 평원은 그런 곳이 아니어서 기뻤다. 나는 다른 자연 요소가 만들어내는 언덕이나 구덩이가 아닌, 대지 자체의 진짜 형태를 1년 내내 보는 편이 훨씬 좋았다. 어쨌든 (한 번도 본 적이 없는) 눈은 너무나도 유럽과 미국 문화의 일부였기에 나의 지역에는 적절하지 않다고 생각했다.

오후에 나는, 중심가에서 술집으로 들어와 거대한 바를 따라 평소 자기 자리에 앉은 여러 평원 주민 중 한 무리와 합석했다. 이 지역의 역사와 전승 설화를 잘 아는 지적인 사람들이 포함된 것으로 보이는 무리를 선택했다. 그들의 옷과 행동거지로 보아, 상당 시간 야외에서 시간을 보냈을 수도 있겠지만 양치기나 소몰이는 아니라고 판단했다. 몇 사람은 어쩌면 대지주 가문의 작은아들로 삶을 시작했을 것이다. (평원에 사는 사람 모두는 땅 덕분에 번창했다. 크든 작든 모든 마을은 마을 주변의 **장원**(莊園)이라는 헤아릴 수 없는 부에 의해 지속되고 있었다.) 그들 모두 평원의 교양 있고 여유로운 계층의 옷인, 빳빳하게 주름을 잡은 단색 회색 바지와 깔끔한 흰 셔츠 그리고 잘 어울리는 넥타이 클립과 암

밴드 차림이었다.

나는 이 남자들에게 인정받고 싶은 마음이 간절해서 그들이 어떤 시험을 하더라도 응할 준비가 되어 있었다. 하지만 내 서가의 평원 관련 책들에서 읽은 무언가를 이야기하게 되리라 기대하지는 않았다. 문학 작품을 인용하는 것은 모임의 정신에 어긋나는 것이리라, 내가 어떤 책을 말하든 그들은 모두 읽었겠지만. 어쩌면 평원 주민은 자신들이 여전히 호주에 둘러싸여 있다고 느끼기 때문에 독서를 공적 생활을 유지하기 위한 개인 활동 정도로 생각하지, 자신들이 공유한 전통을 함양하는 의무에서 벗어날 핑계로 삼지는 않는 듯했다.

그런데 이 전통이란 무엇이었나? 평원 주민이 하는 말에 귀를 기울이면서 나는 그들이 의지할 공통된 믿음을 원하지 않는다는 것을 깨닫고 당황스러웠다. 한 주민이 평원 전체에 대해 무언가를 주장하는데 다른 이가 그것을 이해하는 듯 보이면 각자 불편해했다. 마치 평원 주민은 저마다 오로지 자신만이 설명할 수 있는 어떤 지역의 유일한 주민으로 보이고 싶어 하는 것만 같았다. 그리고 어떤 사람이 자신의 특정 평야에 대해 이야기할 때 아무리 간단한 어휘를 선택할지라도, 그것은 공유하는 언어 저장소에서 가져오는 것이 아니라, 말하는 이의 독특한 용법에 기반하는 것으로 보였다.

그 첫날 오후에 나는 때로 평원 주민의 오만으로 묘사되었던 것이 사실은 그들이 자신과 타인 사이 어떤 공통분모도 인정하기 꺼리는 모습일 뿐임을 알았다. 이는 그 시절 다른 문화와 공통점이 보이는 듯한 것은 무엇이든 강조하려던 호주인들의 일반적인 욕구와는 (평원 주민은 잘 알았다시피) 상당히 달랐다. 평원 주민은 다른 지역의 삶의 방식에 대해서는 모른다고 주장할 뿐 아니라 잘못 알고 있는 것으로 보여도 개의치 않는 듯했다. 외부인이 가장 짜증스러워하는 점은 이들이 자신의 땅과 삶의 방식이 전염성이 강한 취향이나 유행을 가진 더 커다란 어떤 공동체의 일부로 간주되느니 차라리 독특한 문화가 없는 것으로 보이길 바란다는 것이다.

*

나는 그 호텔에 계속 틀어박혀 있긴 했지만 거의 매일 새로운 무리와 술을 마셨다. 메모를 하고 기획 초안을 잡고 개요를 작성하면서도 나는 여전히 내 영화가 무엇을 보여줄지 확신할 수 없었다. 어떤 평원 주민이 내 것과 견줄 만한 소설이나 영화를 위한 메모의 마지막 페이지를 바로 그날 끝마쳤을 때만 느낄 수 있는 완벽한 자신감을 드러낸다면, 나는 그런 사람과의 만남에서 문득 추진력을 얻을 수 있기를 기대했다.

나는 그즈음엔 만나는 평원 주민들 앞에서 자유로이 이야기하

16

고 있었다. 몇몇은 자기 이야기를 밝히기 전에 내 이야기를 듣고자 했다. 나는 그럴 것이라 예상했다. 그들은 몰랐지만, 나는 이미 준비가 되어 있어서, 내가 단순한 여행자나 관광객이 아님을 증명하기 위해 몇 달 동안 그들 마을 도서관과 미술관에서 조용히 공부했었다. 그런데 호텔에서 며칠 지내며 이들을 겪어본 후 나는 그럴듯한 이야기 하나를 꾸며냈다.

나는 평원 주민에게 여행 중이라고 말했는데, 그것은 분명한 사실이었다. 다만 그들 마을까지 내가 지나온 여정이나 그곳을 떠나면 가게 될 방향은 굳이 말하지 않았다. 〈내륙〉이 영화로 나오면 진실을 알게 될 테니까. 그때까지는 내가 평원 저 먼 어느 한 모퉁이에서 내 여정을 시작했다고 믿게 놔두면 된다. 그리고 내가 바랐던 대로, 내게 의심을 품는 사람도, 내가 이름 붙인 지역을 안다고 주장하는 사람도 없었다. 평원이 너무나 광활하기에 전혀 본 적도 없는 지역이 그 안에 있다는 얘기를 들어도 놀라는 주민은 없었다. 게다가 저 멀리 내륙의 많은 곳이 논쟁의 대상이었다. 그곳들이 평원의 일부인지 아닌지 말이다. 정말로 어디까지 평원인지는 한 번도 합의된 적이 없었다.

나는 어떤 사건이나 성취가 거의 담기지 않은 이야기를 그들에게 들려주었다. 타지인이었다면 시답지 않게 여겼겠지만 평원 주민은 이해했다. 평원의 소설가와 극작가와 시인들에게는 매력적으로 느껴질 종류의 이야기였다. 평원의 독자와 청중은 감정의 분출이나 격렬한 갈등 혹은 갑작스러운 재난을 인상적으로 생각하는 경우가 거의 없었다. 그들은 그런 것을 표현하는 예술가는 평원 저 너머 세상의 압축된 풍경에서 보이는, 넘쳐나는 형태와 표피 혹은 군중의 소음에 미혹되어서라고 생각했다. 삶에서도 예술에서도 평원 주민의 주인공은 30년 동안 매일 오후 단정한 잔디밭과 무심한 관목 숲이 있는 유난스럽지 않은 집으로 돌아가 밤늦도록 앉아서, 자신이 행여 시도해보았을 수도 있을, 그러나 가지 않은 여정, 30년 후 결국 지금 앉은 자리에 이르게 될 여정의 경로를 생각해보는 그런 사람이었다. 또는 혹여 거리를 둔 다른 사람의 시점에 서서 자신의 집을 알아보지 못할까 두려워 자신의 외딴 농가에서 멀어지는 그 단 하나의 도로도 떠나볼 생각조차 하지 않는 그런 사람이었다.

　어떤 역사가들은 평원이란 현상은 전반적으로 평원인과 호주인 사이의 문화적 차이에 기인한다고 보았다. 평원 탐험은 그들 역사에서 중요한 사건이었다. 처음에는 지극히 평평하고 특색 없이 보였으나, 나중에는 미묘한 풍경이 끝없이 변주되고 눈에 잘 띄지는 않아도 야생 생물이 풍부한 곳임을 알 수 있었다. 평원인은 이러한 발견을 감사히 여기고 묘사하려 노력하는 중에 남다른 관찰력을 갖추면서 점진적으로 드러나는 의미를 식별하고 수용할 수 있게 되었다. 훗날 세대들은 선조들이 안개 속으로 아득히 펼쳐지는 수 킬로미터에 걸친 초원을 마주하듯 삶과 예술에 반응

했다. 그들은 이 세상 자체를 끝없이 이어지는 평원 속 또 하나의 평원으로 인식했다.

*

어느 오후 나는 내가 가장 마음에 들어 했던 술집에서 미세한 긴장을 느꼈다. 내 일행 중 일부는 목소리를 낮추었다. 또 어떤 이들은 멀리 떨어진 방에서도 들리기 바라는 것처럼 딱딱하고 거친 어조로 말했다. 나 자신이 평원 주민인지 테스트할 수 있는 날이 왔음을 깨달았다. 대지주 몇 사람이 마을에 왔고, 그중 몇몇이 이 호텔에 머문다는 것이었다.

나는 흥분한 것처럼 보이지 않으려 애쓰며 내 일행들을 주의 깊게 살펴보았다. 그들 대부분은 후원자로 삼고 싶은 지주와 간단한 면접을 하러 저 안쪽 라운지로 오라는 부름이 오기를 열망하고 있었다. 그러나 내 일행들은 해 질 때까지, 심지어 자정까지 기다려야 할지도 모른다는 것을 알고 있었다. 드물게 방문하는 이 대지주들은 마을 주민이 지키는 일상적인 일정은 전혀 신경 쓰지 않았다. 그들은 사업상 업무를 아침 일찍 처리했고, 그러고 나서는 점심시간 전까지 좋아하는 호텔 라운지에서 편히 머물렀다. 그곳에서 원하는 만큼 오래 시간을 보내며 비싼 술을 마시거나 예측 불가한 간격으로 간식이나 식사를 시키고는 했다. 많은 지주가 다음 날 아침, 심지어 오후까지 그렇게 머물렀는데, 의자에 앉아 꾸벅꾸벅 조는 이는 한 번에 한 사람 정도였고, 그사이 다른 이들은 개인적인 이야기를 나누거나 마을에서 온 후원 청원인과 면접을 했다.

나는 관습에 따라, 일찍 이름이 불린 마을 주민 한 사람에게 내 이름을 들려 보냈다. 그러고 나서는 저 먼 라운지에 있는 남자들에 대해 내가 할 수 있는 만큼 지식을 얻었고, 그들 중 누가 자신의 사유지가 세상에 평원을 드러낼 영화 배경이 되는 대가로 재산 일부나 어쩌면 딸을 내놓을지 궁금해했다.

나는 오후 내내 술을 자제하며 눈에 띄는 거울마다 내 외모를 확인했다. 유일하게 불안한 구석은 열린 흰 셔츠 사이로 보이는 목에 맨 페이즐리 무늬 실크 스카프였다. 내가 아는 어떤 패션 규칙에 비추어봐도 남자 목의 스카프는 부유하고 세련되며 섬세한 것이었고 풍요로운 여유를 지닌 이의 소유물로 인식되었다. 그런데 평원 주민 중에 스카프를 하는 사람이 거의 없다는 것을 갑자기 깨달았다. 대지주들이 내 옷차림에서 안목 있는 평원인이라면 흡족할 만한 종류의 역설을 봐주길 바랄 수밖에 없었다. 내가 대도시의 경멸받는 문화 일부를 착용했지만 이는 내 동료 청원자와 나를 조금이라도 구분 짓는 것이고, 나아가 적절한 규범이라 할지라도 단순한 유행에 불과한 것이 된다면 평원의 방식상 그것을 피해야 한다는 역설적 주장이었다.

화장실 거울 앞에서 진홍색 페이즐리 실크 스카프를 매만지면서 내 왼손의 원석 반지 두 개를 보며 안심했다. 반지는 둘 다 평평한 원석이 도드라지게 세팅된 것으로, 하나는 흐린 청록색이었고 다른 하나는 차분한 노란색이었다. 원석의 이름은 모르지만 이 반지들은 멜버른—내가 잊고 싶은 도시—에서 만든 것으로, 이 색깔들이 평원 주민에게 특별한 의미가 있기에 선택한 반지였다.

나는 '지평선파'와 '토끼파'라 불린 이들 사이의 갈등에 대해서는 아는 바가 별로 없었다. 이제는 이 두 파의 색깔을 각 파벌의 공동체 상징으로 착용하지 않는다는 것은 알고 산 반지였다. 그러면서도 나는 둘 중 하나가, 과거 치열하게 다투던 시절에 대한 향수를 느끼는 평원 주민이 때로 선호하는 색깔이길 바랐다. 그런데 실제 관행으론 단독으로 한 색깔만 사용하는 경우가 없고, 두 색깔을, 그것도 가능하면 함께 엮어서 착용해야 한다는 것을 알게 되고 나서는 이 두 반지를 각기 다른 손가락에 끼웠고, 그 후론 반지를 뺀 일이 없다.

나는 대지주들에게 나 자신을 평원의 아주 먼 끝자락에서 온 사람으로 소개하기로 계획했다. 그들은 내가 두 가지 색을 착용한 것을 언급하며 그 유명한 갈등의 흔적이 여전히 내 외딴 고향에 잔존해 있는지 물을지도 모른다. 만약 실제로 묻는다면, 나는 오랜 반목 후 남아 있는 영향에 대해 내가 들었던 어떤 것이든 이야기할 수 있을 것이다. 그즈음 나는 여러 변형으로 떠도는 수많은 이야기에 남아 있던 원래의 이슈를 알고 있었기 때문이다. 공적이든 사적이든 토론에 오르는 거의 모든 대립적 관점은 지평선파나 토끼파, 둘 중 하나의 것으로 꼬리표가 붙어 있었다. 평원 주민에게 일어나는 두 가지 성질의 일은 대부분 청록색과 연한 황금색, 이 두 가지 색깔과 연관되면 이해하기 더 수월했다. 평원의 모든 이들은 어린 시절 하루 종일 하던 '털보와 공포' 놀이를 기억했다. 방목장으로 미친 듯이 쫓아가거나 긴 풀숲 사이에 불안하게 숨던 놀이였다.

만일 대지주들이 나와 함께 이 '색깔'(과거 세기의 그 모든 복잡한 경쟁 관계에 대한 현대식 이름) 이야기를 길게 하고자 한다면, 나로서는 그 유명한 갈등에 대해 나름의 별난 해석을 내놓을 수밖에 없을 것이다. 늦은 오후가 되자 그들만의 사고방식에 내가 얼마나 근접했는지 보여주겠다는 열망이 없어졌다. 그저 그들에게 나의 창의적 기량의 증거를 내미는 것이 그에 못지않게 중요하게 여겨졌다.

그때 거리로 난 문이 활짝 열리며 오후 일과를 마친 새로운 평원 주민 무리가 눈부신 햇빛과 함께 들어와 바에 앉더니 평평한 풍경 속에서 아무 일 없이 지나간 날들로부터 신화의 내용을 빚는 평생의 업무를 다시 시작했다. 나는 평원의 역사에서 혹은 나의 역사에서도 무엇이 입증될 수 있을지 모른다는 것이 문득 기

쁘게 느껴졌다. 심지어 대지주들은 내가 평원을 오해한 남자로
그들 앞에 등장하는 것을 더 선호할지도 모른다는 생각이 들기
시작했다.

*

그날 술집에서 종일 기다리며 나는 대지주들이 변덕스럽다는
것을 알게 되었다. 마을 사람 하나가 수작업한 책들의 모형과 샘
플 뭉치를 들고 그들에게 들어갔었다. 그는 대저택에 보존된 일
기 원고와 편지 모음 일부를 최초로 출간하고 싶어 했다. 대지주
몇몇이 흥미를 보였던 것 같다. 그러나 지주들의 질문에 답하는
남자는 지나치게 조심스럽고 타협적이었다. 그는 스캔들이 될 수
있는 내용은 어떤 것이든 포함하기 전에 편집자가 그들의 조언을
구할 것이라고 안심시켰다. 그런데 이는 위대한 대지주들이 듣
고 싶은 말이 아니었다. 그들은 가족의 어리석은 행동이 평원 전
체에 알려져도 피해가 있을까 두려워하지 않았다. 그 출판업자가
처음 말을 시작했을 때만 해도 대지주들은 자신들의 가족 기록물
전체가 돋을새김한 가문의 문장과 함께 고급스러운 장정으로 해
마다 출간되리라 상상했었다. 그런데 기획자가 은폐와 축소를 이
야기하니 상상 속 서가를 따라 늘어서는 수집 장서의 견고한 확
장에 갑자기 제동이 걸려버린 것이다. 혹은 그랬을 거라고, 남자

는 자신의 실패담을 내게 이야기한 후 추측했다. 그는 조용히 책 모형과, 종이와 폰트 샘플을 집어넣고 그곳을 떠났고, 그사이 지주들은 한 사람의 생애를 모아서 정리하고 읽고 이해하고, 그러고 나서 그 중요성을 판단하는 데 얼마나 많은 사람이 평생을 바쳐 일해야 할지, 절대 장난이 아닌 태도로 계산하려 애쓰고 있었다. 그 사람들 각각은 (그들 각자가 그랬음이 분명하듯) 서랍과 궤짝과 캐비닛을 모든 서류로, 심지어 아주 간단히 휘갈겨 쓴 쪽지로도 채우며 기쁨을 느꼈을 것이고, 그 종이들에는 그들의 낮과 밤 대부분을 보냈던 알려지지 않은 광활한 구역에 대한 힌트가 담겨 있을 것이다.

그런데 출판업자 다음에 안쪽 라운지에 들어갔던 마을 사람 하나가 돌아와 자신은 미래를 보장받았다고 속삭였다. 이전에는 자신의 특별한 관심사로는 먹고살기 어려웠던 젊은이였다. 그는 평원 대저택의 가구와 직물, 인테리어 디자인을 공부했다. 그의 연구 대부분은 미술관과 도서관에서 이루어진 것인데, 최근 그는 어떤 이론에 도달했다. 한데 이 이론을 검증하려면 한 지붕 아래 여러 세대의 취향과 선호도가 전부 뚜렷한 저택들을 방문해야만 가능했다. 내가 이해하기로 그 이론의 주된 주장은 평원 대지주 첫 세대는 집 주변의 단순하고 황량한 풍경과 대비되는, 복잡한 도안과 장식이 풍부한 오브제를 애호하는 반면, 나중 세대는 집 밖의 평원에 도로와 울타리, 농장이 생기면서 좀 더 단순한 장식을 선택한다는 내용이었다. 그런데 이 원칙이 적용될 때는 늘 또 다른 두 가지 변수가 있었다. 하나는, 초창기에는 그 저택이 평원의 중심이라 여기는 곳에 가까이 있을수록, 달리 말하면 첫 평원 주민이 태어난 후 떠나온 해안 지역에서 멀리 있을수록 집을 더 섬세하게 공들여 꾸몄다는 것이다. 그런데 최근에는 그 반대로 적용되어서, 그러니까 중심이라 생각하는 곳에 더 가까운 저택들이 예전에는 해안에서 멀리 떨어진 곳으로 생각됐으나, 이제 문화적 영향의 이상적 원천에 가깝다고 여겨지고 있어 덜 열정적으로 장식하는 반면, 평원 변두리 근방의 집들은 멀지 않은, 평원 저 너머 땅에서 받는 음울함을 보완이라도 하듯 아주 섬세하게 온갖 것을 갖춘다고 한다.

젊은이는 자정 직후 대지주들에게 그 이론을 설명했다. 그는 머뭇거리며 이를 제시하고는 평원 모든 구역의 대저택에서 몇 개월의 연구를 진행한 후에야 증명될 수 있음을 상기시켰다. 그런데 대지주들은 그 이론에 호감을 표했다. 대지주 한 사람은 토론에 참여하며 이 이론이 그가 늦은 밤 저택에서 아주 긴 회랑들과 널따란 홀들을 홀로 걸을 때마다 들곤 했던 의심을 정당화해줄지도 모른다고 선언했다. 그런 시간이면 그 지주는 모든 그림과 조각과 궤의 외관과 정확한 위치, 은식기와 자기 그릇 그리고 심지어 먼지 긴 유리 아래 나비와 조개와 압화(壓花) 컬렉션의 배열까지 위대한 순간의 힘에 의해 결정되었음을 막연하게나마 느꼈다.

그는 집에 있는 수많은 물건이 거대한 복잡성이라는 보이지 않는 그래프 위에 그나마 보이는 소수의 점들이라 생각했다. 자신의 느낌이 현저하게 강렬할 때면 그는 태피스트리의 반복적인 모티프를 마치 자신의 시대 이전에 이어졌던 며칠 혹은 몇 년의 이야기를 읽어내듯 응시하거나 혹은 샹들리에의 섬세하게 얽힌 광휘를 쳐다보며 기억도 아득한 사람들의 추억 속 햇빛의 존재를 짐작해보았다.

그 대지주는 자신의 집 좀 더 외딴 구역들에서 늦은 밤 느꼈던 다른 영향들을 묘사하기 시작했다. 그는 거의 이루어질 뻔했으나 실패한 역사의 힘이 끈질기게 남아 맴도는 것을 때때로 감지했다. 구석진 곳을 살펴보며 이루어진 적 없는 결혼에서 태어난 적 없는 아이들이 좋아했을 법한 것들을 찾아보기도 했다.

그런데 그의 동료 지주들이 큰 소리로 그의 말을 중단시켰다. 이는 그 젊은이, 그들의 영민한 문화역사가가 염두에 둔 게 아니었다고. 그들은 두 번째로 나선 지주의 이야기에 귀를 기울였는데, 그는 젊은이가 묘사한 영향 각각에 숫자로 환산된 수치를 부여하고, 그러고 나서 침체기에 대한 번영기의 우세를 고려해 조정함으로써(그는 이를 '일종의 차등제'라고 불렀다) 최종적으로 평원의 진짜 본질적인 스타일, 각기 다른 시간과 장소에서 발생한 모든 변수의 중돗값을 '찾아낼'(이 또한 그의 표현이다) 공식을 도출할 수 있을 거라고 제안했다.

이 남자가 이야기하는 동안 또 다른 남자가 그래프용지와 곱게 깎은 색연필 한 박스를 가져오라고 사람을 보냈다. 그는 조금 전 이야기한 남자에게 그의 중돗값은 단조로운 중간 회색값에 지나지 않으며, 젊은이의 이론의 중요한 가치는 한 가지 전통 스타일을 계산하는 데 쓰일 수 있다는 것이 아니라, 각 가문이 고유의 그래프 좌표를 기록할 수 있도록 해서 그 가문의 고유한 스타일을 만든 문화의 모든 좌표를 보여주는 것이라 대꾸했다. 그리고 그는 테이블 위를 치우고 젊은이에게 자신이 그래프 그리는 것을 도와달라고 말했다.

그다음 몇 시간이 자신의 한평생 중 가장 보람 있었다고, 젊은이는 끝나고 나와 내게 말했다. 한 사람만 제외하고 모든 대지주가 종이와 색연필을 청한 뒤 재떨이와 술잔과 빈 병 사이에 앉아 색색의 선을 긋기 시작했고, 그 선들은 한 세기 반에 걸친 충동적이거나 엉뚱한 발상의 혼란으로 보이는 것 저변에 깔린, 짐작하지 못했던 조화를 밝혀줄지도 몰랐다. 그들은 곧 각각의 색깔이 그들의 개별 차트에서 같은 문화적 벡터를 표시해야 한다는 것에 동의했다. 그들은 의문이 드는 지점들은 젊은이에게 묻고 그의 판단에 맡겼다. 그럼에도 드러난 패턴의 다양성은 놀라운 것이었다. 시간이 지나면서 어떤 이들은 계산을 중단하고 그들의 도안을 좀 더 단순하고 양식화된 형태로 구성하기 시작하여, 두드러지는 특징을 모티프로 문장(紋章)을 만들기도 했다. 그들은 모두 한동안 자신들의 색깔 강도가 점진적으로 어떻게 변화하는지에 주의하고 있었고, 그러던 중 누군가 복도로 나갔다가 다시 들어와 평원 위로 구름 한 점 없는 새벽이 밝아오고 있다고 알렸다.

남자들은 색연필을 내려놓고 술 한 잔씩 더 마신 다음 젊은이가 유행 컨설팅 역사가로서 봉사해준 것에 별생각 없이 큰 수고비를 제안했다. 그러나 젊은이는 그들이 분주히 차트를 만드는 동안 뒤로 물러나 있던 한 남자가 자신을 그의 가문 취향 문제에 관한 입주 디자인 역사가이자 조언자로 임명했다고, 종신직이며 터무니없을 정도로 관대한 급여, 개인 연구와 여행용 연간 수당도 약속했다고 정중히 이야기했다.

그 대지주는 과거 자신의 가족 취향에 작용한 영향을 재구성하는 데 그다지 흥미를 보이지 않았었다. 그런데 문득 이 젊은이를 고용하여 지금껏 받아들였던 모든 아이디어와 오늘날 존중받는 이론, 과거로부터 살아남은 모든 전통과 선호, 현재의 믿음의 가치에서 가능한 미래 변화 예측 등을 추출하고 정량화할 가능성을 본 것이다. 그리하여 가문의 전설과 지역 관습, 그리고 무엇이든 한 가문을 다른 가문과 차별화할 요소에 마땅한 중량감을 부여하고, 현재 세대의 선택에 나타나는 즉흥성과 변덕을 제한하며, 그렇게 해서 대지주 자신과 그의 가문이 그림, 가구, 색채 조합, 테이블 세팅, 도서 장정, 장식 정원, 의상 등 무한한 선택의 여지 가운데서 우아함의 기준을, 다른 가문들도 그들의 유행 공식에 상수로 포함할 수밖에 없을 그러한 기준을 확립하는 데 필요한 공식에 이를 수 있을 것이다.

젊은이는 이야기를 마치고 술을 깨야겠다며 집으로 돌아갔다. 나는 서둘러 아침을 먹고 지평선파와 토끼파에 대해 계속 생각했다. 젊은 디자이너의 성공에 용기를 얻은 나는 대지주들에게 대담해지기로 마음먹었다. 점심 전에 내 이름이 불릴 가능성이 없어 보여, 술잔을 감싼 내 손을 고쳐 잡으며 손가락의 원석 반지들을 응시했다. 내 바로 뒤편 벽에 달린 전구는 여전히 빛나고 있었다. 그 빛이 내 맥주(평원에서 주조한 아홉 가지 종류 중 가장 색이 검은 것이었다)에 굴절되어 아른거리며 퍼져 반지 알의 강렬한 빛깔을 누그러뜨리는 듯 보였다. 본질적인 빛깔은 그대로였지만 두 반지 사이의 대비는 에일 맥주색에 약해졌다.

청록색과 옅은 황금색 사이의 오래된 다툼에서 비롯된 모든 상충하는 주제를 내 삶을 통해 혹은 더 나아가 내 영화를 통해 화해시킬 남자로 나 자신을 대지주들에게 소개하자는 생각이 떠올랐다. 내 계획을 격려라도 하듯 커다란, 그렇다고 품위 없는 것은 아닌 요란한 소음이 그 순간 먼 방에서 들려왔는데, 그곳에서는 위대한 지주들이 그들 회합의 두 번째 날을 시작하고 있었다.

*

    들자 하니 분쟁의 어느 단계부터인지 몇몇 저택 뒤편 방목장에서 여러 무리의 남자가 무장을 하고 훈련을 받았었다고 한다. 이 문제는 전부 무명의 시인과 화가 그룹이 서명하고 발표한, 세심하게 표현된 한 선언문에서 시작되었다. 나는 이 선언문이 몇 년도였는지도 몰랐고, 단지 평원의 예술가들이 마침내 '호주'라는 단어가 그들 자신이나 그들 작품에 붙는 것을 거절하던 어느 시대에 나왔다는 것만 알았다. 평원인이 이 대륙의 척박한 가장자리 지역에 대해 일반적으로 '외곽 호주'라는 용어를 사용하기 시작한 시절이었다. 흥분의 시기였고, 또한 평원인이 자신들의 독특한 표현 형식이 자신들만을 위한 것임을 인정한 시기이기도 했다. 외부인들의 시선에서는, 평원에는 시인, 음악가, 화가들이 존재하지 않았을 것이고, 평원은 호주의 생기 없는 변두리여서 어떤 특유의 문화도 생성되지 못하리라 생각했을 것이기 때문이다.

    그 시절에 한 시인을 중심으로 작은 그룹이 형성되었는데, 그 시인의 첫 출간 시집은 그중 가장 눈길을 사로잡는 시 '지평선, 결국은'을 표제로 삼았다. 이 시에 새로울 것 없다는 딱지가 붙은 적은 없었으나 시인과 그의 그룹은 많은 사람에게 불쾌감을 주었는데, 와인류(평원인 대부분은 선천적으로 이 술을 싫어했다)를 파는 바에 정기적으로 모여서 너무 시끄럽게 미학에 대해 토론했던 것이다. 그들은 파란색과 초록색 리본을 겹쳐 묶은 뒤 몸에 달아 자신들을 표시했다. 나중에 많이 찾아보고서야, 보기 드문 청록색 염색 천을 발견하고는 그것을 잘라 그 유명한 '지평선 빛깔'의 홑겹 리본을 만들었다.

이 그룹이 원래 제안했던 것은 후일 그들의 것으로 알려진 신조와 교훈, 소위 철학 등의 범벅 속에서 거의 사라졌다. 그들은 그저 평원의 지식인들을 자극하여 이전에는 감정적 또는 감성적 언어로 표현되던 것을 형이상학적 용어로 정의하고자 했던 것인지도 모른다. (이것이 내가 들은 이야기를 가장 잘 요약한 것으로 보인다, 비록 나는 늘 형이상학이 무엇인지 이해하기 대단히 힘들었지만.) 그들이 평원에 열정적인 사랑을 느꼈던 것은 분명했고, 예술가와 시인들은 그것을 아주 자주 고백했다. 그러나 그들의 시를 읽고 그림을 세심히 살펴본 이들도 평원의 실제 지역을 모델로 삼은 예는 거의 발견하지 못했다. 이 그룹은 자신들이 감동한 것은 광활한 초원과 거대한 하늘보다는 저 아주 멀리 대지와 하늘이 합쳐지는 얇은 아지랑이층이라 강조하는 듯 보였다.

물론 이 그룹 구성원들은 자신들에 대해 설명하라는 주문을 받았다. 그들은 청록색 아지랑이가 마치 하나의 땅인 것처럼 답했다. 그 땅이 아마도 미래의 평원이고, 시인과 화가가 글쓰기와 그림 그리기만 하던 곳이 아닌, 잠재적으로만 존재하는 삶을 실제로 살아갈 곳인 것처럼. 그러자 비평가들은 순전히 환상적인 풍경 때문에 실제로 존재하는 평원을 거부한다며 그룹을 비난했다. 그러나 그룹은 아지랑이 지대도 흙이나 구름 지형과 마찬가지로 평원의 일부라고 주장했다. 그들이 태어난 땅을 존중하는 이유가 바로 이 땅의 경계에 끝없이 펼쳐진 청록색 베일이 다른 평원에 대해 꿈꾸라고 말하기 때문이라 했다. 비평가 대부분은 그런 언사가 의도적으로 모호하게 표현된 것이라며 일축하고는 그때부터 줄곧 이 그룹을 무시했다.

그러나 곧 이들 못지않게 비판을 불러일으키고 싶은 듯 보이는 또 다른 예술가 그룹이 등장해 논쟁이 이어졌다. 이 그룹은 참신한 주제의 회화로 가득 채운 전시회를 열었다. 비슷비슷한 많은 작품 중 가장 인상적이었던 '풀밭 제국의 쇠퇴와 몰락'은 얼핏 보기엔 토종 풀과 허브가 있는 작은 초지를 아주 정교하게 묘사한 그림 같았다. 평원 어디에나 있는 수많은 목초지 한 부분을. 하지만 이내 관람객들은 짓밟힌 줄기와 갈기갈기 찢긴 잎새와 목이 잘린 작은 꽃송이들이 평원과는 그다지 연결 고리가 없는 모습이란 걸 알아채기 시작했다.

상당수가 의도적으로 부정확한 형태였고, 건축물 유적이나 버려진 유물에 가깝게 재현된 것도 역사적으로 알려진 스타일과 거리가 멀었다. 그런데 비평가들은 자세히 들여다보면 꽤 많은 부분에 웅장한 폐허의 풍경이 들어 있는 듯하지만 뒤로 물러서서 보면 다시 한번 식물과 흙을 그린 그림으로 보인다고 지적했다.

화가 자신도 부서진 주랑과, 지붕 없는 벽에서 펄럭이는 태피스트리를 찾아보라고 권했다. 하지만 화가가 이 회화에 대해 유일하게 출간한 설명(훗날 수정하려 거듭 시도했던 짧은 글이다)에서 그는 한 작은 유대목 동물*에 관한 연구에서 영감을 받았다고 주장했다. 이 동물은 평원인이 통용되는 이름을 지어주기도 전에 정착지에서 사라져버렸다. 화가는 부르기 벅찬 학명을 썼는데, 토론 중 누군가가 (부정확하게) 평원-토끼라고 부르면서 그 이름으로 굳어졌다.

화가는 탐험가와 초기 동식물 연구자가 관련 학술지들에서 찾은 몇 문단과 한 평원 박물관에 단 하나 있던 박제를 연구했다. 목격자들은 그 동물이 숨을 때는 풀숲에서 납작 엎드렸다고 말했다. 초기 정착민들은 그 동물의 거의 쓸모도 없는 가죽을 얻으려 당당히 다가가 수백 마리를 몽둥이로 때려 죽였다. 그 동물은 도망가지 않았는데, 아마도 자신의 색깔을 마지막까지 믿은 듯했다. 평원의 풀 대부분처럼 그들 역시 탁한 황금색이었기 때문이다.

화가의 말에 따르면 그는 거의 잊힌 이 종자의 고집스러운 어리석음에서 크게 중요한 점을 발견했다. 이 동물과 가까운 종들은 모두 굴을 팠다. 강인한 발톱을 사용해 잘 숨겨진 굴을 널찍하게 파서 다른 짐승들로부터 안전하게 지냈을 것이다. 그런데 이

---

*   캥거루·코알라처럼 육아낭에 새끼를 넣는 동물.

동물은 이 메마른 환경에 안전을 의존하며 평원의 얕은 풀밭이 침입자를 막는 요새라고 굳게 믿었다는 것이다.

화가는 이러한 주장을 하면서 자취를 감춘 야생동물이 되돌아오기를 바라는 순수한 자연 애호가로서 하는 말이 아니라고 했다. 그는 평원 사람들이 다른 시선으로 그들의 풍경을 보기를 바란다고 했다. 다른 피난처라고는 없는 사람이 바라볼 법한 그런 평원의 약속, 나아가 신비를 회복하자는 것이었다. 그와 그의 동료 예술가들이 도울 것이다. 그의 그룹은 소위 머나먼 곳의 아지랑이라는 호소를 완전히 거부했다. 그들은 자신들이 태어난 땅의 풍화된 황금색 속에서 멋진 주제를 발견하겠노라 선언했다.

이들의 어떤 주장도 앞서 '지평선의 예술'을 지지하던 선언문에 비해 더 나은 평가를 받지 못했다. 이 화가들에 대한 가장 우선적인 공격은 그들이 의도적으로 평원의 본질적인 정신과는 무관한 주제를 만들어냈다는 것이었다. 또 다른 비평가들은 그룹으로서의 이 화가들의 종말 역시 그들이 영감을 받은 그 한심한 동물만큼이나 빠르리라 예측했다. 그러나 화가들은 그 탁한 황금색 리본을 달고서 청록색 그룹 사람들과 논쟁하기 시작했다.

이 논쟁은 곧 그 라이벌 그룹 당사자들을 제외하고는 모두에게서 잊힐 수도 있었다. 그런데 세 번째 그룹이 청록 그룹과 탁한 황금 그룹을 희생양으로 삼아 자기들의 관점을 홍보하면서 다시 한 번 더 폭넓은 관심사로 변모했다. 이 세 번째 그룹은 예술 이론을 너무나도 괴이하게 지어내어 아주 관대한 평원인들조차 분노시켰다. 심지어 비전문가들도 일간지에 글을 써 그 이론이 평원의 소중한 문화 구조에 위협으로 보인다고 주장했다. 청록 그룹과 탁한 황금 그룹은 서로의 차이점을 잠시 밀어두고 자신들을 비판하던 온갖 비평가, 예술가, 작가들에 합류하여 이 새로운 어리석음을 비난했다.

그들은 마침내 그것이 '외곽 호주'에 널리 퍼진 관념에서 파생되었다는 간단한 근거로 불신하게 되었다. 평원인이 항상 외부로부터의 차용과 수입에 반대 의견인 것은 아니었으나, 문화 문제에서는 해안 도시와 습한 산악 지방 이웃들의 야만으로 보이는 것을 경멸하게 되었다. 그리고 좀 더 명민한 평원인들이, 가장 늦게 나타난 이 그룹이 최악의 외래 관념들을 뒤섞은 것에 의존한다고 대중에게 각인시키자, 경멸의 대상이 된 그룹 구성원들은 모든 이지적인 평원인의 적대감을 견디기보다는 그레이트디바이딩산맥* 저 너머로 건너가는 쪽을 선택했다.

그러고 나자 애초에 이 신임받지 못한 그룹이 그들의 이론으로 청록과 황금, 두 그룹을 공격했던 터라, 이제 이 두 그룹은 잠시 예술가를 향한 전반적인 호의의 상당 부분을 누리게 되었다. 한 비평가가 (당대의 과장된 산문으로) 대중에게 다음과 같이 상

---

* 호주 동부 해안에 있는 긴 산맥.

기시켰던 것과 같은 이유다. "이들의 개념은 여전히 용인될 만한 것이 아닐지도 모른다. 그러나 기본적으로 우리의 비길 데 없는 풍경에 영감을 받았고, 따라서 빈약하긴 할지라도 우리의 소중한 신화의 위대한 본체와 연결되어 있음은 인식할 수 있다. 그리고 이들의 제안은 최근 우리 평원에서 추방한 그릇된 신념, 즉 물질적 부의 분배, 정부의 기능, 그리고 자유라는 만능 허가증을 내세운, 도덕적 억압으로부터의 인간 해방 등 그들 예술가의 허울 좋은 주장과 비교하면 완전히 합리적으로 보인다는 것이다."

하지만 대여한 서적들의 연구과 술집에서의 긴 대화를 통해 내가 알 수 있었듯이, 대중은 곧 예술가들 사이의 다툼에 피곤해졌다. 몇 년 동안 두 적대적인 이론은 누구의 관심도 끌지 못했고, 포기하지 못하는 고집스러운 소수의 몇 사람이 술집 뒤편에서 쌉쌀한 와인을 놓고 앉아 떠들거나, 수준 낮은 갤러리 개관식에서 그저 안면 정도 있는 사람을 붙잡고 장광설을 늘어놓을 뿐이었다.

그런데 '2차 위대한 탐험의 시대'라고 불리기도 하는 시절, 지평선파와 토끼파라는 이름에 자부심을 느끼는 두 개의 그룹이 나타났다. 그리고 그 두 가지 색깔이 재등장했는데, 단순히 단춧구멍에 끼운 리본 정도가 아니라, 거리 행진 선두의 화려한 실크 현수막과 문기둥에 걸린 손 글씨 깃발에서도 볼 수 있었다. 당시 논쟁은 시나 그림과는 아무 상관이 없었다. 자칭 지평선파는 자신이 행동하는 사람이라고 주장했다. 그들은 자신이 진정한 평원인

이며 오랫동안 내버려두었던 지역으로 목초지를 확장할 준비가
되었다고 말했다. 토끼파는 **자신은** 실용적인 사람이어서 사막 정
착이라는 원대한 계획을 세우는 반대파와는 달리 더 가까운 정착
지를 위한 현실적인 계획을 세우고 있다고 주장했다.

30년 세월이 흐른 후 그 색깔들은 이번에는 대부분 부동산 중
개업자와 자영업자들이 신중하게 꽂은 조그만 에나멜 핀에서 볼
수 있었다. 그 핀은 지방정부 주요 정당 두 곳의 배지였다. 청록색
은 신산업 육성, 평원과 주요 도시 사이 철도 건설을 정책으로 추
진하는 진보상업주의당의 표시였다. 황금색은 평원제일연맹의
색깔로, 그들의 슬로건은 '지역 상품을 구매하라'였다.

그 시절 대지주들은 대부분 정치와 거리를 두고 있었다. 그런
데 폴로 시즌이 끝날 때면 어떤 현상이 나타났다. 작은 연합과 연
맹 수십 곳에서 선택된 이들이 두 팀을 결성하는데, '중앙 평원'이
라 불리는 팀은 '외곽 평원' 대표 팀과 대항할 때 늘 노란색 유니
폼을 입었다. 공식 프로그램을 보면 '외곽 평원' 팀 유니폼은 '바
다 녹색'으로 묘사되었지만 사실 바다는 800킬로미터나 떨어져
있었다.

어린 소년 시절 관중 속에 서서 그런 폴로 게임을 보았던 남자
들의 이야기를 들은 적이 있다. 그들 몇몇은 당시를 회상하며 그
들의 아버지는 어떤 분위기인지 알았다는 사실을 입증할 이상한
어휘들을 기억해냈다. 하지만 내게 이야기를 들려주며 그들 자신

은 어린 시절 그 색깔들의 열띤 충돌에서 어떤 불길한 것도 보지 못했다고 분명히 말했다. 청록색 선수 하나가 저지선을 뚫고 나와 저 멀리 골대를 향해 홀로 질주했다. 황금색 선수 한 무리가 그를 추격하고 서서히 따라잡는데, 펄럭이는 말갈기 위로 낮게 기울어진 그들 몸은 위협적인 분위기였다. 그러나 여전히 스포츠 그 이상으로 보이진 않았다. 폴로는 평원의 전통적인 게임이어서 경기 용어들이 평원의 지방 방언으로 상당히 사용되고 있을 정도였다.

그들이 내게 얘기했듯이, 이제 그들도 그 당시가 평원이 평온하던 시기였다는 걸 알았다. 말을 탄 기수들의 두 가지 색깔은 매 순간, 흙먼지를 일으키는 경기장에서 곧 나타날 어떤 패턴을 암시했다. 저 높이 머리 위에서는 평원의 수많은 구름이 광대하면서도 그들 못지않게 불안정한 패턴을 형성했다. 빽빽하게 들어찬 관중은 대부분 조용히 서 있었다(평원의 관중은 늘 그랬다. 평원의 텅 빈 공간에서는 메아리도 거의 들리지 않고 가장 요란한 외침 뒤에도 갑작스럽고 불편한 고요가 이어지기 마련이다). 아이들은 후일 평원의 가장 훌륭한 기수 팀들 사이 선의의 경쟁으로 의당 기억되어야 할 것을 보았다.

평원인은 여전히 '비밀결사'라는 용어를 불쾌히 여기지만, 오랜 세월 폴로 클럽 네트워크를 통해서, 그리고 아마도 경마 기수 클럽, 스포츠 선수 연맹, 라이플 사수 연합 사이에서도 퍼졌던 이

미스터리한 두 가지 움직임 모두에게 어울릴 유일한 이름은 그것뿐이라고 나는 생각했다. 지도자가 누구인지 확인된 적은 없다. 멀리 떨어진 저택의 외진 구석에서 훈련하던 기수와 명사수는 직속 상사들만 만났다. 목제 패널을 두른 고급스러운 응접실, (새로운 디자인이지만 늘 잘 알려진, 그 눈길을 끄는 두 색깔 중 하나인) 실크 깃발 아래에서 모임을 갖는 위원회조차 그들 무리 가운데에서 지도자를 비밀리에 선출했을 서너 명 중 누구를 향해서도 표면상으로는 경의를 표하지 않았다.

두 결사 단체는 거의 확실하게 동일한 전반적 목표로 시작했다. 즉, 무엇이 되었든 평원이 호주 나머지 지역과 확연히 구분되는 점을 고취하겠다는 것이었다. 그리고 많은 세월이 흐른 후에는 분명 어느 결사체에서든 평원의 절대적 정치 독립이라는 극단적인 제안을 고려했을 것이다. 어쨌든 불가피하게 양쪽 그룹 내에서도 더 도전적인 이론가들이 영향력을 얻게 되었다. '무한한 평원 형제단'은 호주가 정부 소재지를 깊숙한 내륙으로 옮겨서 그 문화가 평원에서 솟아나 바깥쪽으로 흘러넘치는 '호주 합중국'으로 탈바꿈해야 한다고 주장하며 이를 위한 정교한 계획을 세우는 일에 전력했다. 그렇게 되면 구세계*와 닿아 있어 진정한 호주 관습의 가치가 떨어지고 있는 해안 지역은 그저 국경에

* 유럽, 아시아, 아프리카를 가리킨다.

지나지 않게 될 것이다. '중심지 시민 연맹'이 원하는 것은 오로지 분리된 '평원 공화국'으로, 그레이트디바이딩산맥을 가로지르는 모든 도로와 철도에 유인 국경 초소를 설치하고자 했다.

나는 늘 평원인은 무장 반란을 어떤 식으로든 위신을 떨어뜨리는 행동으로 간주한다고 생각했었다. 내가 처음 평원의 역사를 알아가는 과정에서 폴로 클럽으로 가장한 사병(私兵) 이야기를 듣고도 그다지 믿지 않았었다. 술집의 내 친구들도 내게 어떤 증거도 제시하지 못했다. 어떤 경우에도 그들이 들려준 이야기가 대격전으로 끝나지는 않았다. 어느 해 여름 습한 공기 속에서 남자들이 때가 되었다고 중얼거리기 시작했다고 한다. 이례적인 폭풍의 계절이었고, 그래서 드넓은 대지조차 형언할 수 없는 긴장으로 옥죄어진 것 같았다고. 그러고 나서 평원이 평화를 받아들이기로 했다는 말이 전해졌다.

이 메시지를 전한 사람 누구도 어느 대저택 도서관 혹은 흡연실에서 그런 결정이 이루어졌는지 알지 못했다. 그러나 소식을 들은 이들은 어딘가 아주 오래된 영지 중 한 곳에서 어떤 위대한 평원인이 평원에 대한 특별한 비전을 상실했음을 깨달았다. 그들은 소식을 듣고 자신들의 조용한 일상으로 돌아갔고, 아마도 공기에서 다가오는 가을의 투명한 청명함을 보았던 것 같다.

그 후로도 몇 년 동안 매년 열리는 큰 폴로 경기 후 야만적인 소동들이 일어났다. 어느 토요일 오후 아버지가 한쪽 눈을 잃은 것을 본 남자는 훗날 내게 이것이 평원인이 해낼 수 있었던 유일한 싸움이었다고 말했다. 청록색 또는 황금색 깃발 아래 평원의 군인들이 외부인에게 대항하여 행진하는 일 비슷한 것조차 전혀 없었다고 했다. 어떤 지주는 수 킬로미터에 걸친 조용한 대지 한가운데 수 에이커*에 달하는 잔디밭과 잎이 우거진 베란다 뒤편, 책이 가득한 개인 도서관에서 이루었어야 할 모습의 평원을 홀로 꿈꾸었다. 그는 같은 결사의 사람들과 이야기를 나누었다. 비밀 결사의 모든 외부적 상징, 잊힌 싸움을 상기시키는 은밀히 인쇄된 에세이, 낮은 목소리로 이야기하던 군사작전 계획, 이 모든 것들이 그릇된 생각을 품은 외로운 남자들의 소산이었다. 그들은 호주로부터의 평원의 분리를 이야기했지만, 그들은 이미 본토에서 엄청나게 멀리 떨어진 거대한 초지 섬에 고립되어 있었다.

대소동에 휘말렸던 이의 아들은 스포츠 경기장과 호텔 베란다 뒤편의 모든 전투에서 찢어진 옷이나 피투성이 주먹에 쥐인 것의 색깔들은 오로지 두 스포츠 연합, '중앙'과 '외곽'을 상징하는 것뿐이었다고 내게 말했다. 내가 다른 곳에서 들은, 제3의 그룹이 이 연례 대회를 방해하고 가장 혼란스러운 싸움에 몸을 던져 결국 청록 팀과 황금 팀이 힘을 합쳐 그들과 맞서 싸워야 할 때도 있었다는 이야기에 대해서는 아는 바 없다고 주장했다. 하지만 내

* 1에이커는 약 4000제곱미터.

가 알기로는 후일 몇몇 지역 연합이 잠시 하나로 합쳐져 '내륙 호주'라는 이름의 팀을 결성하고, 일출과 일몰을 혹은 아마도 언급하지 않은 다른 무언가를 상징하는 붉은색 유니폼을 입었다.

나는 누군지 알 수 없는 이 선수들이 한때 '무한한 평원 형제단'으로부터 추방된 반체제 무리에 대해 얼마나 알았는지 궁금했다. 이 '내륙 호주파'는 분명 더 오래된 두 결사체보다도 훨씬 더 빨리 사라져버린 것으로 보인다. 그러나 최소한 그들은 역사 학술지에서 이따금 논의되기도 했었다. 그들이 이탈한 '형제단'과 마찬가지로 '내륙 호주파' 역시 호주로 알려진 대륙 전체가 하나의 문화를 가진 하나의 국가여야 한다고 제안했다. 그리고 물론 그 문화는 해안의 겉만 그럴싸한 문화가 아닌 평원의 문화여야 한다고 주장했다. 그러나 '형제단'이 대륙을 거대한 하나의 평원으로 변모시킬 정책과 함께 평원인이 통치하는 호주 정부를 구상했던 반면, '내륙 호주파'는 정치권력은 완전한 환상에 불과하다고 주장하며 이에 대한 논의를 거부했다.

사실 '내륙 호주파'는 그들 내부에서도 분열되었다. 그들 중에는 성급한 군사 행동에 찬성하여 매우 선명한 기억을 남긴 이들도 있었다. 그들이 지향한 것은 성공이 아니라 훨씬 더 우세한 세력에 도전하여 기억에 남을 실패를 하는 일이었다. 그리하여 체포되면, '내륙 호주'의 모든 특성과 반대되는 요소들로 이루어진 저 반(反)국가의 군대에 억류된, 진정한 국가의 시민으로 행동하리라 결심했다.

소수파(혹자는 두셋에 불과하다 말했다)는 평원이 합당한 대접을 받으려면 당시 호주로 알려진 대륙이 '내륙 호주'라는 이름으로 바뀌어야만 한다고 주장했다. 원래 호주였던 것에 외관이나 조건 등 다른 변화는 불필요했다. 그렇게 이름만 바꾸면 해안 거주민들도 평원인들이 그때껏 당연히 알고 있던 것을 곧 발견하게 될 것이다. 즉, 한 국가에 대해 이야기할 때 그 영토 내에 어떤 영향력이 있는, 그러나 거의 본 적이 없는 깊숙한 곳의 풍경 또한 포함해야 한다는 것을.

그러고 나서 듣기로는, 이들 비밀결사체의 갑작스러운 붕괴 얼마 전 한 남자가 '내륙 호주'의 소수파에서 떨어져 나와 더욱 극단적인 관점을 주장했다. 그는 호주라는 이름의 어떤 국가의 존재도 거부했다. 평원인이 때로는 따라야 하는 어떤 법적 의제가 있다는 것은 그도 인정했다. 그러나 진정한 국가의 국경은 인간 영혼 안에서 결정된다는 것이었다. 진짜 지도, 그러니까 영혼의 지도를 투사해보면, 평원은 분명히 소위 말하는 어떤 호주 영토와도 일치하지 않았다. 따라서 평원인은 주(州)나 영연방의 어떤 의회든 (늘 그랬던 것처럼) 자유로이 따를 수 있고, 심지어 비밀결사체들이 이전에는 어처구니없는 일이라 비웃던 '뉴스테이트 운동'에도 참여할 수 있다는 것이다. 비록 존재하지 않는 국가라 할지라도 평원인이 그 시민으로 보이는 편이 실리적이었다. 그렇지 않으면 적절히 균형을 유지하는 망상 체계를 굳이 뒤흔들게 되고, 그 존재하지도 않는 국가에서 망명자들이 떼를 지어 평원의 경계로 밀려드는 귀찮은 일이 생긴다는 주장이었다.

*

거의 텅 빈 바에 점심시간이 다가올 무렵, 나는 며칠 전 어떤 학술 논문을 읽고 정리한 메모를 떠올리려 애썼다. 평원 관련 비평과 논평을 싣는 격주 간행 저널 세 가지 중 하나에 발표된 것이었다. 그 메모는 위층 내 방에 있었지만 나는 바를 떠날 수 없었다. 지주들이 지금이라도 곧 나를 부를 수도 있었기 때문이다. (나는 심지어 면도나 세수를 할 시간도 낼 수 없었는데, 둘째 날 면접을 잡은 청원인들은 늘 초췌하고 단정치 않아 보이도록 세심하게 신경을 썼다. 지주들이 자신들은 밤새 술을 마셔도 수월하게 극복할 수 있는 반면 그들이 만날 후원 청원인들은 더 허약한 체질이라 생각하고 싶어 했기 때문이다.)

논문의 저자는 평원의 파벌들 사이 모든 다툼은 평원인 기질의 기본적인 양극성 증상이라고 주장하는 듯했다. 어린 시절부터 온통 평평한 땅에 둘러싸여 지낸 사람은 두 가지 풍경—하나는 눈에 항상 보이지만 절대 다가갈 수 없는 곳, 또 다른 하나는 눈에 보이지는 않지만 매일 건너갔다 다시 건너올 수 있는 곳—을 번

갈아 탐험하는 꿈을 꾸기 마련이라는 것이다.

내가 기억나지 않는 부분은 논문의 빽빽한 마지막 문단에서 귀결되었던 이론이었다. 저자는 평원인이 태어난 땅에서 얻은 그 모순된 충동을 마침내 화해시킬 수 있을 풍경의 존재를 상정했다. 점심 식사 후 내가 다시 꾸준히 술을 마시고 있을 때 주변이 생기를 띠기 시작했고, 나는 그 학자의 논문 여백에 내가 했던 메모를 기억해내는 데 성공했다. "영화 제작자인 나는 이 풍경을 탐색하고 다른 이에게 드러낼 자격을 훌륭하게 갖춘 사람이다."

*

늦은 오후까지 청원인 스무 명 정도가 한 사람씩 안쪽 라운지로 들어갔다가 다시 나오는 것을 지켜보았다. 그리고 그들 대다수가 엠블럼 디자이너와 종교 창시자라는 것을 알아차렸다.

면접 전 이들 두 그룹 사람들은 한결같이 긴장하고 초조한 상태였으며 그들 프로젝트의 자세한 내용을 경쟁자에게 조금도 흘리지 않으려 신경 썼다. 시간이 흐르면서 이들 청원인 중 안쪽 라운지에서 성공한 이가 거의 없다는 것이 명백해졌다. 지주들이 평원 특유의 엠블럼과 문장(紋章) 미술 형태에 집착하는 것은 잘 알려진 사실이었다. 그리고 평원에서 종교에 대해 이야기하는 일은 드물었지만, 거의 모든 큰 가문에 열정적인 종교 귀의자가 있음을 나는 알고 있었다. 그렇지만 이런 분야 전문 청원인들은 이미 지주들의 호의를 입고 있는 전문가들과 경쟁하는 상황이었다.

어떤 큰 가문이든 엠블럼 미술 관련 조언을 주는 입주 고문이 있기 마련이었다. 대부분 가문이 새로 고용할 때는 고참 직원의 아들이나 조카 중에서 뽑았는데, 어릴 때부터 그들에게 노출되어 있던 사람의 손에서만 그들의 전통이 안전하다고 믿었기 때문이다. 외부인이 고용되는 경우도 그가 족보, 가족사와 전설, 늦은 밤 친밀한 대화에서만 드러나는 취향과 성향, 침대 옆 협탁 위 일기에 급히 적어 넣은 글들, 문 뒤에 걸어둔 그림 스케치들, 새벽이 오기 직전 갈기갈기 찢어버린 시 원고 등에 대한 세세한 지식을 스스로 몇 년의 세월에 거쳐 당연히 습득했을 것으로 간주했다. 자리가 났을 때, 가문의 하인이나 공부방의 가정교사가 오랜 기간 바닥부터 일해온 덕에 문장 미술 창작자 자격을 갖추게 되었다는 선언도 종종 있었다. 그러면 그때서야 가문 사람들은 그에게 종종 느꼈던 흔치 않은 기민함, 적절치 않은 시간에 특정 방에 예기치 않게 나타났던 일, 얼마 되지 않는 휴식 시간을 도서관에서 지낼 수 있게 해달라던 격식 차린 부탁, 아주 먼 목초지까지 나가 진귀한 식물을 채집하던 모습 혹은 그러고 나서 누군가의 개인 서랍에서 몇 주 전에 사라진 돋보기로 자신의 방에서 나뭇잎 모양을 관찰하는 광경에 대한 연유를 알게 되곤 했다. 그런데 재능 있는 디자이너는 상당히 귀한 대접을 받았기에 만일 그 사람이 제대로 능력을 증명한다면 선망하던 자리에 채용되고, 그 오랜 세월에 걸친 은밀하고 진취적인 수련은 찬사로 이어질 뿐이었다.

큰 가문들은 기회가 있을 때마다 엠블럼과 문장과 상징의 색, 경마용 색을 드러냈다. 수 세대에 걸쳐 부유함이나 영향력의 과시를 모두 경멸해온 가문들이기에 방문객의 관심을 은제품과 테이블 리넨 용품의 어떤 디자인, 야외 가금 사육장이나 온실의 채색 목공예품 색깔로 이끌곤 했다. 이러한 것들을 세련되게 만드는 일에 대한 평원인의 관심이 극한으로 치닫고 있다는 학술적 논평이 상당히 많았고 나도 그 일부를 읽은 적이 있었다. 그리고 세간에서 무시당한 채, 쇠락하는 한 신문의 토요판에 기고하며 생계를 잇는 한 철학자의 에세이가 기억났다.

이 철학자는 사람은 누구나 마음속에서는 무한한 풍경을 여행하는 여행객이라 주장했다. 그러나 평원인이라 할지라도 (광활한 지평선을 두려워하지 않는 법을 배웠을 것임에도) 우리 영혼의 불안한 지형에서는 랜드마크나 이정표를 찾곤 했다. 평원인이 눈에 보이는 평원에서 자신의 모노그램이나 독특한 색깔이 존재하도록 늘리려는 것은 자신이 알아볼 수 있는 영역의 한계를 표시하는 일에 불과했다. 그는 차라리, 단순한 형태와 모티프로 상징화한 그런 환상이 아닌 무엇이든 그 너머에 있는 것을 탐험하는 편이 나았을 것이다.

이 이야기에 다른 이론가들은 엠블럼에 대한 관심 역시 그 철학자가 주장했던 탐험과 같은 종류라고 주장하며 반박했다. 그러므로 자신의 도서관에 있는 책 장정에서 자신의 색깔을 보여주는 사람은 다소 투박하게나마 그가 마음속에서 알았던 지역들이 여전히 무한하게 펼쳐져 있음을 주장한다는 것이다.

지주들은 자신들이 추구하는 바에 대한 학문적 토론에는 참여하지 않았다. 지적 노력에 대한 취향이 결여되어서가 아니라, 문장 미술을 실행하는 일 자체에서 가장 적극적인 정신에 대한 충분한 시야를 얻을 수 있기 때문이었다. 많은 지주가 일을 맡긴 디자이너들과 함께 자신의 가문 역사 근저에 있는 테마, 영지의 지리적 구조에 얻을 수 있는 모티프 또는 그 지역 고유의 동식물 종류로 만들 수 있는 기호 등을 찾는 까다로운 과업에 동행했다.

이 모든 과업이 큰 가문 안에서 진행되는 동안, 이 주제와 관련해 고용되지 못한 많은 학생과 학자는 공공 도서관과 박물관, 임대 스튜디오, 영지의 외진 습지와 농장에서 지식을 더 쌓거나 기술을 완성해갔다. 그들은 그 광활함과 복잡함을 단조로운 들판 위의 양식화된 이미지로 단순화하기를 열망했다.

호텔 술집에서 대지주들을 기다리던 이들 중 몇몇은 특정 지주의 문장 미술이 폭이 너무 좁은 지식 체계에서 파생되었다고 그 지주를 설득하는 것이 가장 바람직하다고 내게 설명했다. 한 청원인은 곤충학에 대한 연구 결과 개요를 설명하고, 제한된 서식 환경에 사는 어떤 말벌의 금속성 빛깔과 긴 시간에 걸친 의식 행위가 자신이 호감을 사고 싶은 그 가문의 미술에서 아직 표현되지 않은 무언가와 일치할 것 같다고 주장할 생각이라 했다. 또 다른 청원인 은 다년간 수행한 기상학 연구 결과물을 제공할 계획인데, 계절풍 이 지주의 땅에 접근할 때 보이는 변동성을 설명하면 지주가 그 효 용성을 분명 알아보게 될 것이라 주장하기도 했다.

지주들에게 추천할 것이 아무것도 없어, 이미 가문에 확립된 색채와 문장의 활용 영역을 좀 더 넓혀보자는 계획만 가지고 접 근하는 이들도 있었다. 실내 수족관을 만들고 하나의 수조에 한 종류의 물고기만을 넣되, 여러 개의 두꺼운 투명 유리와 그 사이 살짝 흐릿한 물 그리고 살짝 흐릿한 유리 안의 흐릿한 물의 이미 지를 통해 수조 전체를 들여다보면 두 가지 중요한 색채가 빚어 내는 다양한 무늬들을 볼 수 있도록 배치한다는 계획도 들어보았 다. 한 사람은 최고급 마구(馬具)를 아주 선명한 색깔로 염색하는 방법을 완성했다고 했다. 또 다른 이는 극장에 대해 조심스럽게 이야기했는데, 극장의 장식은 예측 가능한 것이었지만, 친숙한 가문 문장에서 볼 수 있는 단순한 잎사귀 줄기나 색깔 줄무늬 같 은 특징들을 의인화하여 만든 마리오네트 인형들이 등장하는 작 품을 내세웠다.

대기 중인 사람들 가운데 가장 비밀스럽게 행동하는 이들은 비 밀을 좋아하는 지주를 위해서만 일할 수 있을 것이다. 그런 가문의 수장이 몇몇 있어, 오랜 세월 엠블럼을 작업했음에도 부분 혹은 전체를 다 감추고 있었다. 자신의 엠블럼에 대해 소수의 친구에게는 자랑스레 이야기했을 수도 있겠으나, 그 엠블럼에는 자신만이 온전히 알아볼 수 있는, 마음을 안정시키는 조화나 시선을 사로잡는 대조가 있기에 홀로 감상하곤 했다. 그런 지주를 찾는 청원인은 어떤 색깔들을 변형하거나 지울 목적으로, 신비하게 채색된 판유리와 렌즈, 아주 최소한의 햇빛에도 민감한 물감, 두 배 두께의 캔버스와 패널과 실크 한 필 등을 가지고 다녔다.

이들 그룹은 어떤 명분이 있었기 때문에, 이미 오래전에 소중히 여기는 모든 것을 상징하는 문양과 색채를 확립한 지주에게도 접근하고 있었다. 그런데 몇몇 청원인은 이 주제에 대해 일반적인 지식만 갖고 있었다. 이들은 모여 있던 지주들에게 정중하게 서비스를 제안했는데, 어떤 큰 가문이 때마침 문장 미술을 '베일'로 가린다고 선언했을지도 모른다는 희망 때문이었다.

이 '베일'이란 말은 지금은 비유적인 표현으로만 사용되지만, 예전에는 마차의 채색된 패널마다 검은색이나 보라색의 작은 벨벳 천이 베일처럼 드리워져 있었다. 저녁나절에 마부가 임시변통한 회색 옷차림을 불편해하며 말들을 드넓은 진입로를 따라 몰 때면, 마차의 어떤 창문들에는 단일한 하늘 색깔 한 가지가 비치고 있었고, 그 창문들 뒤에도 똑같이 짙은 색깔 벨벳이 걸려 있어 작은 판유리의 색이 두드러졌다.

순회 디자이너들은 때로 '베일' 가리기를 알아차리기도 했는데, 큰 가문 구성원 사이에서 모호한 초조와 불만을 목격하거나, 굳게 닫힌 도서관에서 장시간 회의가 열린 후 하인들이 늦은 밤까지 일하며 몇 년 동안 건드리지 않은 책과 필사본들을 치웠다는 이야기를 듣는 경우였다. 그러나 대부분 거의 사전 징후 없이 베일 가리기가 발표되어 그 가문에 소속된 디자이너조차 갑자기 알게 되어 놀라곤 했다(어떤 경고도 없이 평생 역작의 가치에 의문을 품게 되는 것이다).

때로는 공식적인 발표도 없었는데, 감추고 싶은 생각에 그런 것이 아니라 그저 형식적인 것을 일시적으로 참을 수 없어서일 뿐이었다. 그러나 그 외딴 대저택을 방문하면 즉시 증거가 눈에 들어올 것이다. 일단 테니스 코트 위 깃대에 깃발이 없었다. 폴로 경기장 옆 관람석에는 페인트칠하는 사람들이 있었다. 인부들이 여러 층으로 된 비계(飛階)에서 납틀 창문*의 유리 조각을 비틀어 떼어내고 있었는데, 서둘러야 하는데도 잠시 일을 멈추고, 한때 명예의 상징 일부였으나 이제 형태를 잃은 색유리 조각을 통해 평원의 한 구획을 바라보았다. 실내에서는 가구와 마루에 광을 내는 프랑스인들이, 뒤엉켜 수북이 쌓인 실타래 사이로 걷고 있었다. 한때는 태피스트리 일부였던 문장의 모든 흔적을 침모들

---

* 납으로 틀을 짜서 작은 유리 조각들을 다이아몬드 꼴로 배치한 창문.

이 다 뽑아내어 버려둔 것이었다. 좀 더 멀리 조용한 방에서는 금 세공인들이 눈썹 아래 렌즈를 끼어 기괴해진 눈으로 집안 가보에서 가치 없다고 선언된 보석 세팅을 제거하고 있었다.

바로 이런 작은 기대 때문에 준비가 제대로 되지 않은 청원인도 호텔 안쪽 라운지로 들어가는 것이었다. 그곳의 지주 몇몇이 어쩌면 바로 그때 가벼운 광기에 사로잡히고, 그 광기는 그 지주의 생애를 새롭게 해석했다는 증거로 모든 소유물에 낙관을 찍거나 조각으로 새기거나 수를 놓거나 그림으로 그려야만 끝나게 되리라는 기대 말이다.

나는 이 정도 내용을 엠블럼을 공부하는 학생들에게서 알게 되었다. 그런데 종교 창시자에게 의문을 제기하지 않는 편이 현명하다는 정도도 알았다. 평원인이 종교적 믿음에 대해 진지하게 이야기하는 것을 한 번도 들어본 적이 없었다. 먼 해안의 호주인들처럼 평원인도 종종 종교는 전반적으로 선한 힘이라 찬사를 보내곤 했다. 해안처럼 이곳에도 여전히 일요일 예배에 참석하는 가문이 소수 있어서, 가톨릭이든 개신교이든, 칙칙한 교구 교회이든 어울리지 않는 유럽풍의 성당이든 가곤 했다. 그러나 이러한 종교의식이나 대중 앞에서 공개적으로 언급되는 진부한 정서는 종종 평원의 진정한 종교로부터 사람들의 시선을 돌릴 의도일 때가 있었다.

이들 평원의 진정한 종교는 이미 오래전 전통적인 교회를 (그리고 오래된 로마제국이나 엘리자베스 시대 잉글랜드에 대한 집단 기억도 함께) 포기한 가문들 사이에서 가장 순수한 형태로 번성했다. 이들 가문은 일요일이면 외딴 대저택의 조용한 방에서 겉보기에는 한가롭게 보냈다. 나는 서너 명 이상 모이는 종파에 대해서는 들어본 일이 없었는데, 가장 웅변이 좋은 신도라도 그들 교의 중 어느 것도 성문화하거나 심지어 달리 설명할 수 없었다고 한다. 정교한 의식이 행해졌고 분명 그 효용도 극찬할 만하다고 들었다. 그럼에도 그 신도들을 매일 지켜보고 심지어 가장 사적인 순간의 모습을 몰래 살펴본 이들도 그 신도들이 비종교적인 평원인은 하지 않았을 법한 일을 하는 것을 본 적이 없는 듯했고, 대부분은 평범하고 심지어 사소한 행동들이었다.

똑같은 미스터리가 호텔에서 함께 기다리던, 소위 종교 창시자라는 무리에게도 감돌았다. 그들에겐 뭔가 인상적인 면모가 있었지만 그들이 하는 말이나 행동에서는 큰 가문에서 왜 그리 환영받는지 설명될 만한 것이 전혀 없었다. (장기 정규직이 되는 이는 거의 없다고 들었다. 상당한 보수를 받고 짧은 기간 일하고, 그러고 나서 총애를 잃고 해고되거나 자신의 임무가 완수되었다며 스스로 사직한단다.) 다른 직업의 한 남자가 이들 종교 창시자 한 사람이 한 무리의 지주들에게 후원 요청하는 것을 우연히 목격했는데, 알 수 없는 종파의 그 사제는 지주들에게 그저 술을 마시고 이야기를 하라고 권하면서 자신은 듣고만 있었다고 한다.

한때 나는 이들 평원의 비교(秘敎)적인 교리의 존재에 의심을 품기 시작했었다. 그런데 사람들이 내게 어떤 평원인들을 가리켜 보였다. 그들은 사람들 대부분이 그저 추측만 하는 것을 진정으로 알고 있는 듯 보였다는 말 외에는 내가 그들에게서 받은 인상을 달리 설명할 길이 없다. 그들은 자신의 영지 내 흔들리는 풀밭 어디에선가 혹은 사방으로 뻗어나간 대저택의 인적 드문 방에서 제 삶의 진실한 이야기를 깨닫게 되고 자신이 어쩌면 될 수도 있었던 사람에 대해 알게 되었을 것이다.

평원인이 은밀한 종교에서 그런 힘을 이끌어내는 것이 부러울 때마다 나는 호텔 방으로 올라가 진지하게 자리에 앉아 영화 대본에 메모를 덧붙였다, 마치 그것이 낯선 이가 궁금해할 나의 종교적 탐구의 일부라도 되듯이.

*

안쪽 라운지에서 나를 부른 것은 그 위대한 대지주들의 권위와 엄청난 씀씀이가 대단해 보이던 바로 그 시점이었다. 그들이 있는 라운지 바로 향하는 복도 한 곳에서 어깨 너머로 저 멀리 문 하나에 시선이 갔다. 그 문 위 채광창은 강렬한 빛으로 이루어진 자그만 직사각형이었고, 그것은 창밖은 오후 한창때여서 평원이 힘겹게 시들어가고 있다는 신호였다. 그러나 지주들은 전혀 알 바

없는 그런 오후였다. 내가 들었던, 그들의 부유함에 대한 어떤 이야기보다도 그들이 온종일을 무심하고 태평하게 흘려보낸다는 것이 더 인상적이었다. 그들이 일축한 그 햇빛 조각을 흘깃 본 나는 그 강렬함에 여전히 반쯤 눈이 먼 채로 그들의 연기 자욱한 방으로 걸어 들어갔다.

내가 유일하게 충격받은 광경은 구석에 놓인 간이침대였다. 그들 모두가 전설 속의 거인들이었던 것은 아마도 아닌가 보다. 한 남자가 아무것도 깔지 않은 캔버스 천 간이침대 위에 그냥 누운 채로 꼼짝 않고 있었다. 어정쩡하게 두 눈을 누르고 있는 한 손에서 그의 잠이 결코 편안하지만은 않음을 알 수 있었다. 다른 이들은 바의 의자 위에 몸을 꼿꼿하게 세우고 앉아 있었다. 그중 한 사람이 낯선 모노그램이 새겨진 주석 주전자에 맥주 거의 반병을 부어 내게 건넸다. 또 다른 누군가는 발로 의자 하나를 내 쪽으로 밀었다. 그러나 30분이 되도록 누구 하나 내게 말을 걸지 않았다.

바에는 여섯 명이 있었고, 모두 내가 '트위드'라고 부르는 은근한 패턴의 옷감으로 만든 양복을 입고 있었다. 몇 사람은 넥타이를 느슨하게 풀거나 셔츠 맨 위 단추 하나 정도를 연 모습이었고, 그중 한 사람의 구두(두꺼운 밑창은 순 가죽이었고, 짙은 적색 갑피에는 펀칭한 점들로 이루어진 섬세한 나선과 반원 무늬가 있었다) 끈이 풀려 있는 것이 눈에 띄었다. 하지만 모두 여전히 흔들림 없이 우아한 상태여서 나는 손가락으로 내 스카프를 만지작거리며 손가락의 반지들을 비틀게 되었다.

처음에는 그들이 여자 이야기만 하고 있다고 생각했다. 그러나 세 가지 별개의 대화가 각각 꾸준히 진행되고 있음을 알아차렸다. 이따금 한 주제에, 그러다 또 다른 어느 주제에 그들 모두 참여하기도 했지만, 대개는 세 가지 토론에 주의를 분산한 상태로 옆 사람에게 몸을 기울이기도 하고, 잠시 의자에서 일어나 바에 앉은 다른 상대와의 토론에 뛰어들기도 했다. 긴 시간 동안 농담을 함께 즐기기도 했는데, 나는 그와 관련이 없거나 알아들을 수가 없었다. 그들은 모두 내가 맥주 몇 병을 더 마신 후에야 도달할 듯한 모습이었다. 그래도 평소의 품위는 거의 잃지 않은 상태였다. 어쩌면 아주 사소한 것도 지나치게 힘을 주어 말하거나 지나치게 쉽사리 손을 놀리거나 했을지도 모르겠다. 내가 술을 마신 경험에 비추어보면 그들은 술을 마시고 또 마셔 이제 맨정신이 된 듯했다.

내가 알고 있던 대로, 그들은 그런 상태에서도 거의 모든 사물 또는 사실에서 놀라운 의미를 발견할 수 있었다. 그들은 심오한 분위기를 풍기고자 하는 듯 부득이하게 특정한 말을 반복했다. 그들이 보기에 각각 자신의 역사는 위대한 예술 작품에서 볼 수 있는 일관성을 획득했고, 그래서 자신의 과거에서 무언가를 되짚어 들려줄 때면 전체에서 끄집어낸 아주 사소한 부분에서 그 의미를 찾으며 곱씹었다. 무엇보다 그들은 미래가 잘 통제되어 있다고 보았다. 그러니 나중에, 방금 얻은 통찰력만 기억해내면 되는 것이었다. 만일 그것으로 충분하지 않다면, 또 다른 아침 햇빛을 등지고 안으로 걸어 들어와 계속해서 엄청나게 술을 마시기 시작하게 될 것임을 예견할 수 있었다. 그렇게 마시다 보면 세상의 모든 당황스러운, 눈부신 밝음은 그들의 저 깊숙하고 내밀한 흐릿한 빛의 가장자리에서 아른거리는 지평선이 되어 있을 것이기 때문이다.

지주들은 계속 이야기를 했다. 나는 두 번째 주전자를 비우고 나서야 그들 이야기에 끼어들 마음의 준비가 되었다. 하지만 그들은 내 면접을 서두를 생각이 없었다. 나는 초조함이 드러나지 않도록 조심했다. 나는 내가 이미 그들의 방식에 조응되어 있음을, 내가 다른 모든 것은 다 제쳐두고 한 시간이든 하루든 사색적인 생각에 몰두할 준비가 되어 있음을 증명하고 싶었다. 그래서 나는 앉아서 술을 마셨고 그들이 하는 말을 따라가려 애썼다.

첫 번째 지주: ……우리 세대 역시 여성의 이상적인 피부색을 정의할 때 지나치게 극단적이었습니다. 아내나 딸이 햇볕에 그을려 갈색이 되는 것을 원하는 사람은 없지요. 내가 하얗지만 티 하나 없는 것은 아닌 피부를 더 좋아한다고 해서 그렇다고 삐딱한 건가요? 솔직하게 말하죠. 평생 나는, 그 진부한 '주근깨'라는 단어는 쓰고 싶지 않지만, 하여튼 그런 것이 어느 정도 있는 피부를 꿈꾸었어요……. 색깔은 고운 금색이어야 하고, 적절한 자리에

있으면 합니다. 간격을 두고 멀리 떨어져 있지만 내가 원한다면 별자리처럼 보일 수도 있어야 하지요. 완전히 새하얀 피부 위 황금빛.

두 번째 지주: ……물론 능에가 있고, 그리고 떠돌이메추라기, 푸른가슴메추라기, 그루터기메추라기, 그리고 그 특이하게 우는 갈색 종다리도 있고. 그럼 나 자신에게 물어보죠…….

세 번째 지주: ……언덕마다 쌓인 우리 돌무더기며 도로 옆 기념비들, 나무에 아직도 새겨져 남아 있는 글씨들. 그러나 우리는 이 사람들 대부분이 평원인으로 불려서는 안 된다는 걸 잊고 있습니다. 탐험가에 대한 이런 집착이라니. 내 말을 오해하지는 마십시오. 우리가 해온 건 가치 있는 일이 맞습니다. 그러나 우리가 찾고 있는 것은 평원의 비전입니다. 최초의 탐험가들은 평원을 예상하지 못했을 수 있다는 걸 기억합시다. 그리고 그들 상당수는 그 후 그들의 항구도시로 돌아갔습니다. 분명 그들이 발견한 것을 자랑스러워하기는 했지요. 그러나 내가 연구하고 싶은 사람은 평원이 자신이 바라던 바로 그대로라는 걸 확인하러 내륙으로 온 이입니다. 우리가 모두 찾고 있는 그 비전은…….

네 번째 지주: (재킷을 벗고 소매를 팔꿈치 위로 걷어 올린다. 자기 팔뚝 피부를 빤히 바라본다.) 그 긴 세월이 흘렀는데도 내가 내 피부에 대해 거의 아는 게 없다는 걸 인정해야겠군요. 우리는 모두 평원인이고, 시야에 들어오는 모든 것은 그 너머 무언가의

이정표라고 늘 주장하지요. 하지만 우리 자신의 몸이 우리를 어디로 이끌고 있는지를 우리가 알고 있나요? 내가 여러분의 피부를 지도로 그린다면 말이지요. 그러니까 내 말은, 당연히, 메르카토르 투영법과 같은 방식이죠. 그리고 그 지도를 모두 보여드린다면 여러분은 자신의 것을 알아볼 수 있겠습니까? 평원 위 여러분이 생각도 하지 못했던 흩어진 작은 마을이나 관목 숲 같은 표지를 손으로 짚어드릴 수도 있겠습니다만, 그런 장소에 대해 여러분은 내게 무슨 얘기를 해줄 수 있겠습니까?

첫 번째 지주: 난 내 이상적인 여인에 대해 말하는 중이란 걸 기억하세요, 우리 모두가 말하는 그 유일한 여인이죠.

두 번째 지주: 물론 그 새들은 날 수 있고 평원엔 나무도 충분히 있지요. 그런데 그 새들은 땅에 둥지를 틉니다. 능에는 심지어 둥지를 만들지도 않아요, 그냥 마른 흙을 긁어낸 자리나 작고 움푹하게 파낸 곳이 둥지가 되죠. 난 진화니 본능이니 그런 헛소리를 하는 주장에는 관심이 없습니다. 모든 과학은 순전히 서술적일 뿐입니다. 내가 관심을 갖는 건 '왜'입니다. 왜 어떤 새들은 적에게 위협을 받았을 때 땅에 숨는 걸까요? 분명 무언가의 징후일 겁니다. 다음에 능에의 둥지를 보게 되면 왜일까 자문해보세요. 평원에 숨어 누운 다음 무슨 일이 일어나는지 보세요.

다섯 번째 지주: 확실히 우리가 첫 정착민들을 소홀히 한 건 맞습니다. 자신이 탐험한 땅에 머물렀던 이들 말입니다.

세 번째 지주: 하지만 평원에서 몇 년을 보낸 후에도 그들은 다른 종류의 땅을 혹은 평원이 영원토록 지속될 것 같지 않았다면 찾고자 희망했던 그런 땅을 기억했을 수도 있어요.

네 번째 지주: '정오의 파라솔'에 나오는 구절들을 떠올리려 노력하는 중입니다. 무시된 걸작이죠, 평원에서 나온 대단히 낭만적인 시인데도. 목초지가 온통 열기의 아지랑이 속에서 아른거리는 가운데 평원인이 멀리서 소녀를 보게 되는 장면 말이에요. 오래 묵은 반론은 꺼내지도 마시죠. 그 시절의 시가 우리를 우리 자신의 패러디로 만들었다는 둥 영원히 먼 곳을 바라보는 사람의 자세로 굳어지게 했다는 둥 하는 소리 말이죠.

여섯 번째 지주: 나는 그 장면이 그 시에서 기억나는 **유일한** 부분입니다. 멀리서 바라본 여인에 대한 200개의 연(聯). 하지만 물론 그 여인은 거의 언급되지 않습니다. 중요한 건 그녀 주변의 그 낯선 어스름한 빛, 파라솔 아래의 다른 분위기죠.

네 번째 지주: 그가 천천히 그녀를 향해 걸어가는데 이 후광이, 파라솔 아래 빛을 내는 둥근 기운이 보입니다. 파라솔은 물론 실크였고, 연한 노란색 또는 초록색에 반투명했습니다. 그는 빛과 그 속의 그녀 모습을 뚜렷하게 구분하지 못합니다. 그리고 대답 불가능한 질문을 던지죠. 어느 빛이 더 진짜인가, 밖의 강렬한 햇빛인가, 아니면 여인을 둘러싼 부드러운 빛인가? 하늘 자체가 일종의 파라솔 아닌가? 왜 우리는 자연이 진짜이고 우리가 만든 것

은 그에 견주지 못한다고 생각할까? 물론 그는 알고 싶어 합니다, 왜 자신과 같은 사람은 나뭇잎으로 그늘진 깊숙한 베란다로 향한 창문들이 있는 도서관 어두운 구석에서 우연히 발견하게 되는 것만 소유할 수 있는 것인지를요.

두 번째 지주: 땅이 얼마나 많이 우리를 보호해주고 있습니까? 우리는 모두 말하자면 능에이고 메추라기여서 다른 이는 보지 못하는 방식으로 평원을 보고 있습니다.

여섯 번째 지주: 거짓 태양의 빛이 예술 작품을 비추면,/그는 늘 외면했노라. 그러나/옛 평원도 아닌, 그렇다고 꿈도 아닌 외딴 땅이/때로 비밀스럽게 어렴풋이 빛나며 그를 유혹했나니./이제 그 여린 실크가 그의 눈으로 향하게 하네,/또 다른 하늘의 모든 낯선 광휘를.

다섯 번째 지주: 중요한 사실은 첫 정착민들이 여기에 남아 머물렀다는 겁니다, 아마도 이 평원이 그들이 찾고 있었던 땅과 가장 유사했기 때문일 겁니다. 나는 심지어 우리 평원도 우리 모두 탐험하려 꿈꾸었던 땅과 대등할 거라 믿지는 않습니다. 그럼에도 그 꿈의 땅이 또 다른 평원일 뿐이라는 것은 믿습니다. 아니면 최소한 우리 주변 평원을 통해 접근해야만 하는 곳이거나.

세 번째 지주: 누구였죠, 평원이 우리가 방문하고 싶은 도시들과 산맥들과 해안들을 모두 포함해야 한다고 한 사람이? 그는 소설에서 모든 호주인이 어떤 종류의 평원 한가운데 살고 있는 것

으로 묘사했지요.

여섯 번째 지주: 그 파라솔은 우리 각자가 현실 세계와 사랑의 대상 사이에 두고 싶어 하는 칸막이인 셈이죠.

두 번째 지주: 우리가 평원의 방식에 대해 얘기하지만, 우리는 각자 어둑한 방 100여 개가 있는 대저택 한가운데서 자신을 기다리고 있는 아내와 딸들 생각을 합니다. 우리 할아버지들 대부분은 메추라기나 능에의 둥지 같은 곳에서 잉태되었지만요.

네 번째 지주: 우리는 대부분의 삶을 바람[風] 속에서 보냈습니다. 광활하게 펼쳐진 우리 풀밭 위에서 그 커다란 구름의 그림자도 사라져버리는 것을 보았습니다. 하지만 우리는 기억합니다, 그렇지 않습니까? 덩굴 잎새에 가려 햇빛이 거의 미치지 못하던 베란다 혹은 이른 봄부터 늦가을까지 커튼이 드리워져 있던 응접실에서의 오후를요. 평원이 멀게만 느껴지던 몇 개월, 우리는 매일 오후 실내에 앉아 어떤 창백한 얼굴을 바라보는 것으로 만족했지요.

첫 번째 지주: 시인들은 우리가 모두 흰 피부를 숭배한다고 말합니다. 하지만 우리가 아내와 딸에게 수영복 입는 것을 허락하지 않는 데는 분명 다른 이유들이 있지 않습니까? 우리는 여름 햇빛에 눈이 부셔 평원 너머에 있는 가능성을 보지 못한다는 것을 압니다. 그리고 정오에 대지 위로 물처럼 소용돌이치는 공기를 목격하면 우리는 바다의 무의미한 격랑을 떠올리게 되어 외면하

지 않습니까? 우리는 가장 뜨거운 2월에 우울한 해변에서 온종일 최악의 사막을 응시하는 해안가 사람들을 동정하지요. 우리는 그들이 바다 옆에서 취하는 포즈를 조롱하고, 바다란 그저 땅의 부재일 뿐인데 왜 경외심을 품는지 이해하지 못하는 척합니다. 그럼에도 평원의 모든 남자는 가장 비싼 값을 부르는 여성들이 온몸 구석구석 갈색이 될 때까지 온종일 램프 밑에 앉아 있는 그런 가옥에 대해 알고 있습니다. 여기 있는 사람 중에 그런 곳을 단 한 번이라도 방문하지 않은 사람이 있습니까? 거기선 한 시간 동안 평원이 자신에게 아무런 의미도 없는 척하면서 말이죠.

다섯 번째 지주: 너무 늦게 태어나서 전통적인 의미의 탐험가가 될 수 없었던 사람의 이야기를 아시죠. 그런데 그는 탐험이 평원인에게 가치 있는 유일한 활동이라고 주장했습니다. 그는 자신의 영지에 정사각형 구역을 표시하고 수년에 걸쳐 그것의 지도를 대단히 상세하게 그렸습니다. 그는 여러분이나 내가 미처 보지 못하고 지나쳤을 법한 수백 가지 특징에 이름을 붙였습니다. 그리고 식물과 새들에 대해 마치 자신 이전에는 아무도 목격한 적이 없는 것처럼 기록하고 스케치를 했습니다. 그러고 나서 말년에는 자신의 기록과 지도를 모두 안전한 곳에 보관한 뒤, 자신의 뒤를 이어 같은 장소를 탐험하고 기술하려는 사람이 있으면 누구든 초대했지요. 그 두 개의 기술을 비교하고 차이점을 살피면 그 사람의 독특한 특성들이 드러나게 되고는 했습니다. 자신의 것이라

주장할 수 있을 유일한 특성들이요.

세 번째 지주: 나는 우리 모두 각자의 방식을 가진 탐험가라고 믿습니다. 하지만 탐험은 이름 붙이고 기술하기 그 이상의 무엇입니다. 탐험가의 임무는 알려진 땅 너머에 또 다른 땅이 존재한다는 것을 전제로 합니다. 그 땅을 찾은 후 그 소식을 가지고 돌아오는지 여부는 중요하지 않습니다. 어쩌면 그는 그곳에서 영원히 사라져 미탐험 지역의 총합에 또 하나를 추가하기로 선택할지도 모르는 일이지요.

네 번째 지주: 그런데 그런 장소를 주로 찾아가는 것은 대부분 젊은 남성입니다. 오늘 여기 있는 사람 모두 뜨겁던 여름이면 우리를 찾아왔던 그 다른 꿈들을 기억할 겁니다. 평원의 남자들은 모두 잠시 양치식물원이나 정자, 흰 드레스와 파라솔에 등을 돌리고 북풍을 응시했습니다. 해안은 늘 800킬로미터나 떨어져 있었고, 우리 대부분은 아마 그곳을 다시는 보지 못하리라는 걸 알았으니까요. 그런데도 우리가 남쪽을 바라볼 때 느끼던 피부의 가려움, 우리는 그것이 소금기 머금은 바람이나 파도로만 없어질 거라 되뇌곤 했습니다. 우리 중 몇몇은, 거친 모래가 투명한 기름막에 달라붙은 갈색 배와 허벅지를 즐긴 후라면 우리가 결혼을 약속받은 여인의 창백함이 더욱 매력적으로 보일 것이라 주장하기도 했고요.

두 번째 지주: 그리고 진실로 평원다운 것을 이야기하고 있지만

말입니다. 예전에 우리는 우리 딸들이 해안 근처 좋은 학교들에 등록하는 것을 거부했어요, 태양 아래서 반나체로 하키를 시킬 수도 있다고. 그런데 우리는 능에의 짝짓기 춤을 다 보지 않았습니까. 나도 풀숲에 배를 깔고 엎드려 몇 시간 동안 지켜본 적이 있습니다. 어떤 다른 새도 그런 흥분 상태로 빠져들지는 않아요. 우리가 무엇이 진실로 평원다운 것인지 논의하며 일관성을 가지려면, 어두운 집에서 벗어나 멀찍이 떨어졌다는 것 말고는 우리를 가리는 것 없는 상태로 우리도 풀밭에서 짝짓기를 해야 하지 않을까요?

다섯 번째 지주: 그럼에도 평원은 아직 철저하게 탐험되지 못했습니다. 2년 전 나는 측량 기사와 역사가를 고용하여 정착 지역들 사이에 있는 조각조각 나뉜 모든 영지, 왕실 소유지의 모든 덤불과 숲 지대, 울타리를 치지 않은 강변 인접지 등의 지도를 만들도록 했습니다. 우리 모두 각자 소유지 저쪽 끝 경계에서 이런 곳들을 보면서도 우리의 특징적인 풍경의 배경 이상으로는 생각하지 않지요. 지도가 완성되면 나는 수천 킬로미터 여정의 경로를 계획하고자 합니다. 그리고 그 여정 동안, 그냥 저 멀리서 단 한 번이라도, 내 것일 수 있을 땅의 흔적을 보고 싶습니다.

여섯 번째 지주: 그런데 가장 악명 높은 가옥들에서도 몸의 마지막 몇 센티미터는 극도로 하얗게 유지하는 여자들이 늘 몇 명 있었죠. 그리고 어떤 여자들이 그런지 사전에 알고 싶지는 않았

고요. 그래야 때때로 — 해안의 광기 어린 관습에 자신을 잊고 빠져들어 너무나 터무니없고 유치한 환상을 만족시키는 동안 — 고향에서 그리도 멀리 찾아오게 만든 그것을 막 소유하려는 순간, 여러분이 배반한 바로 그 색깔을 보게 될지도 모르니까요.

세 번째 지주: 여러분의 측량 기사를 보내 고독한 여정을 계획해보시죠. 그럼 평생 엉뚱한 종류의 평원을 찾아 헤매게 될 겁니다. 매일 아침 식사 후 나는 10분 정도 평원의 황금시대 작품을 모은 수집품을 보며 거닙니다. 한 그림 앞에서 물러서면 눈을 감은 채로 다음 그림 앞으로 가서 섭니다. 오랜 세월 그렇게 했기에 다음 그림까지 정확하게 몇 걸음인지도 압니다. 그렇게 하나하나 보면서 퍼즐 맞추듯, 예술가들이 보았다고 주장하는 것만이 오롯이 존재하는 하나의 평원을 그려내려 노력을 합니다. 언젠가 그렇게 여러 풍경을 하나의 거대한 풍경화로 완성하면, 어느 날 아침 나는 밖으로 나가 새로운 땅을 찾기 시작할 겁니다. 그림으로 그려진 지평선 그 너머에 있는 곳을, 화가도 자신은 그저 힌트를 줄 수 있을 뿐임을 알았던 바로 그곳을 찾아가는 거지요.

여섯 번째 지주: 우리가 애호하는 시인들은 햇빛을 피해 실크로 몸을 감싼 여인들에 대해서만 들려줍니다. 나도 그들의 시를 읽습니다. 오후의 절정, 거대한 저택이 드리운 그늘 속 저 멀리 온통 새하얗게 차려입은 인물이 광활한 풀밭에 의미를 부여할 수 있다는 것은 압니다. 하지만 나는 분명 남쪽을 바라보는 방에서 쓰

였을 미출간된 시들을 읽고 싶습니다. 자신의 욕망이 자신을 가장 광활한 땅에서도 벗어나게 할 수 있음을 아는 그런 시인의 시를 읽고 싶은 겁니다. 나는 10년 정도마다 나타나서 열정에 자유를 주고 여인 앞에서 솔직해지라는 얼간이들 이야기를 하는 게 아닙니다. 자기가 사는 평원의 좁디좁은 지역을 떠나지 않고서도 마음은 여행할 수 있었을 모든 땅을 포용했음을 아는 그런 남자가 분명 많을 겁니다. 타는 듯 뜨거운 모래와 인적 없는 푸른 물과 맨살의 갈색 피부에 대한 환상이 어느 해안이 아니라 실은 자신의 무한한 평원의 그저 어떤 지역에 속한다는 것을 아는 그런 남자 말입니다. 그런 시인들은 매일 밤 그 호화로운 가옥에서 무엇을 발견했을까요? 바다 풍경 액자의 선명한 색채가 그대로 비치는 거울 아래, 모래일 리 없는 황금빛 카펫에 발목까지 폭신하게 잠겨 걸으면서 말이죠. 나는 매주 해안을 탐험한다는 생각으로 그런 가옥의 긴 복도를 걷다가, 시인들을 만나면 고개를 끄덕여 인사하곤 했습니다. 그들 누구도 아직 자신의 이야기를 출간하지 않았더군요. 하지만 오로지 시(詩)만이 고동치는 별들로 가득 찬 하늘 아래 그 뜨겁고 무더운 도시에서 우리가 진짜로 하고 있었던 일을 설명할 수 있을 겁니다. 그 가옥의 여자들은 모두 평원에서 태어났습니다. 그들 대부분 해안의 방식에 대해 아는 것이 우리보다 없더군요. 그러나 여자들은 우리가 요구한 그 어색한 포즈를 취해주었지요. 꽃무늬 비키니 수영복을 입고 노란 카펫 위에 나른하게 누워 있는 그들의 그을린 피부를 따라 우리 손가락이 길고 구불구불한 여정을 그려갈 때 우리는 우리가 평원에서 탈출하고 있다고 생각했습니다. 그리고 마침내 신음을 토해내며 우리는 해안 거주자들만이 즐기는 무언가를 소유하게 됐다고 생각했죠. 하지만 시인이라면 평원인의 유리한 관점에서 이런 사소한 쾌락을 바라보는 특권을 해안에 사는 남자들은 누린 적이 없다는 것을 인식했을 겁니다. 그리고 내가 말했듯이, 평원에서 우리에게 늘 가려져 있던 그 창백함을 우리 손가락 사이에서 발견하던 밤들도 있었습니다. 그럴 때면 우리가 조롱당하고 있다는 의심을 하지요, 심지어 이 해안 놀이 게임에서조차, 파도 그림 옆 가짜 모래사장 위에서도, 우리 여인은 평원의 뭔가를 지니고 있으니 말이죠.

두 번째 지주: 메추라기나 능에가 자기 영역 중심에서 지키고 서서 무엇을 보는지 누가 알겠습니까? 짝짓기 상대에게 좋은 인상을 주려고 몇 시간이고 과시하듯 걸을 때도요. 과학자들의 실험을 보니 궁금해지더군요. 과학자들이 암컷의 머리를 잘라 막대기에 꽂았는데, 그래도 수컷은 오후 내내 그 막대기 주위를 돌며 춤을 추면서 암컷이 신호를 주길 기다렸다고 합니다.

다섯 번째 지주: 평원인은 모두 자신의 장소를 찾아야 한다는 것을 압니다. 태어난 고향에 계속 머무는 남자는 긴 여정의 끝에 그 장소에 이르렀더라면 하고 바랍니다. 그리고 여행을 시작하는 남자는 그 여정에서의 적절한 끝을 찾지 못할까 봐 두려워하고

요. 나는 내가 떠난 적도 없는 여정의 끝에서 만날 나의 장소를 보기 위해 평생 노력했습니다.

일곱 번째 지주: (간이침대에서 두 다리를 들어 내려놓고는 성큼성큼 술 진열대로 걸어가 위스키를 한 잔 따른다. 지금까지 대화를 한마디도 놓치지 않았다는 듯이 말을 시작한다.) 자신의 장소를 알 수 있으면서도 그곳에 도달할 생각을 않는 남자도 있지요. 그런데 우리 청원인은 어떻게 생각합니까?

남자는 나를 향해 돌아섰지만 내 시선은 피했다. 다른 남자들은 말을 멈추고 잔을 채웠다. 반쯤 열린 문 너머 어디선가 환한 빛줄기가 방으로 들어왔다. 우연히 그곳에 있었던 거울 몇 개와 어쩌면 블라인드를 내리지 않고 그대로 둔 작은 창이 오후 햇빛이 어두운 복도를 헤집고 들어오는 길을 만들어주었는지도 몰랐다. 호박(琥珀)빛 햇살이 남자들 사이 바닥에 떨어지자 남자 몇몇이 의자를 옮겨 햇살이 머물 자리를 내주었다. 그때 내가 말을 하러 중앙으로 걸음을 옮겼고, 그러자 그들 사이에 있던 빛이 사라졌다. 그러나 나는 서서 이야기하는 동안 내 등을 비추는 오후의 신호 덕분에 내가 특별한 존재가 된 듯 느꼈다.

나는 조용히 말하며 아주 자주 일곱 번째 남자를 쳐다보았는데, 그는 다른 이들보다 머리 절반 정도 키가 더 컸고 제일 주의 깊게 듣고 있었다, 비록 간이침대에서의 자세처럼 자주 손을 눈 위에 올렸지만. 나는 그들에게 내가 영화 대본을 준비하고 있고,

마지막 장면 배경이 평원이라고 간단히 말했다. 그 장면은 아직 쓰지 않았으며, 여기 있는 누구든 영지를 촬영 장소로 제공할 수 있을 거라고, 목초지와 길게 펼쳐진 풍경, 잔디밭과 가로숫길, 연 못, 이런 것들 전부 독창적인 드라마의 마지막 장면 배경이 될 수 있을 거라고 말했다. 만일 특정한 자격을 갖춘 딸이 있다면 기꺼 이 그녀와 상의하고 나아가 대본의 마지막 페이지들 준비에 협업 할 생각이라고도 했다. 이런 제안을 하는 것은 내 이야기 결말이 진정한 평원인인 젊은 여성으로 보여야 하는 인물에 달려 있기 때문이라고 설명했다.

그들 모두 귀 기울여 듣고 있었다. 슬며시 관심이 고조되는 것 에서 그들 대부분이 딸을 둔 아버지임을 알 수 있었다. 보통 영화 에서 보여주는 풍경은 전부 그저 끝 간 데 없이 광활한 대지일 뿐 이라고, 실제로 그들의 평원은 그렇지 않다고 불평하는 딸을 둔 남자들도 알아볼 수 있었다. 나는 바로 그런 남자들의 마음을 얻 고 싶었기에, 내 영화는 평원 위 외진 웅덩이 가장자리 풀잎의 질 감과 황량한 바위의 이끼 낀 표면까지 보여줄 생각이라고, 평원 전체를 다 본 사람은 아무도 없겠지만 그럼에도 누구나 알아볼 수 있는 그런 풍경을 그려낼 거라고 큰소리쳤다.

여섯 지주 중 첫 번째 남자를 보면서 나는 바로 한 시간 전 그들 이 했던 이야기를 떠올렸다. 나는 그들의 특별한 관심사―그들 이 평원 역사에서 발견했던 주제 혹은 그들 각자의 삶에서 찾은 것들—가 단순하면서도 설득력 있는 이미지의 배열로 등장할 것이라 말했다. 나 역시 여인에게 다가갈 때는 무엇보다 특정 평원의 비밀을 알고 싶었기 때문이라고. 나 역시 새의 생활 방식을 연구했고, 나처럼 흩어져 사는 유의 인간에게만 보이는 경계와 이정표가 있는 영역을 차지하고 싶었다고. 그리고 남자는 누구나 탐험가가 되라는 부름을 받았다고 믿는다고. 내 영화는 어떤 의미에서는 탐험 여정의 기록이 될 것이라 말했다.

그러고 나서 나는 일곱 번째 대지주를 향해 서서, 예술 형식 중 오로지 영화만이 꿈의 머나먼 지평선이 실제로 거주할 수 있는 지역임을 보여줄 수 있다고, 또 동시에 익숙한 풍경을 오로지 꿈에나 어울릴 모호한 풍경으로 바꿀 수 있다고 선언했다. 그리고 거기에서 더 나아가 영화는 평원인의 모순된 충동을 만족시킬 수 있을 유일한 예술 형식이라고 주장했다. 내 영화의 주인공은 자신의 인식이 미치는 극단에서 여태껏 탐험되지 못한 평원을 보았다고, 자신의 내부에서 가장 확실한 것을 찾아 나섰을 때 평원보다 더 확실한 것은 없었다고, 영화는 이 주인공이 그때껏 보았던 모든 것 너머에 혹은 그 안에 존재할지도 모르는 그 하나의 땅을 찾아가는 여정의 이야기라고, 나는 그 영화 제목을—바라건대 아무 허세 없이—'영원한 평원'이라 할 것이라고 말했다.

일곱 번째 남자는 술잔을 카운터에 탁 놓고는 내게 등을 돌리며 돌아섰다. 그는 성큼성큼 다시 간이침대로 가더니 그 위에 누웠다. 나는 더는 아무 말 하지 않았다. 가장 좋은 인상을 주고 싶었던 사람을 불쾌하게 한 것일까 걱정했다. 그런데 그때 그가 입을 열고 말하기 시작했다.

한 손을 다시 이마에 올린 채였고 목소리는 작았다. 나는 나머지 여섯 남자가 그의 목소리를 들으려 간이침대로 다가갈 거라 생각했지만 그들은 남자가 누운 것을 이 기나긴 회합이 끝났다는 신호로 받아들인 듯했다. 내가 그들에게 무슨 얘기를 해야 할지 궁리하는 사이 몇몇은 술잔을 비우지도 않은 채 방에서 나가기도 했다.

간이침대의 남자는 계속 눈을 감고 있었다. 나는 헛기침을 해서 내가 아직 있다는 것을 알려주고 그의 말을 듣기 위해 몸을 기울였다. 그는 단 한 번도 내 존재를 인정하지 않았지만 내가 들으라고 하는 이야기임을 알아차릴 수 있었다. 중얼거렸다가 멈추었다가 하는 와중에도 나는 그가 하는 말의 의미를 실수 없이 이해했다.

그는 내가 했던 말 상당 부분이 터무니없다고 생각했다. 나도 지금까지 평원을 배경으로 만들어진 영화가 없었다는 것은 분명 알았다. 내 제안은 내가 평원의 가장 명백한 특징을 간과했음을 보여주었다는 것이다. 그렇게 많은 사람이 여태 발견하지 못한 것을, 즉 평원의 가시적 등가물을, 그것이 마치 햇빛에 반사되는 표면에 불과하다는 듯이 내가 어떻게 그리 수월하게 발견할 수 있다고 믿으란 말인가? 그의 딸에 관한 질문도 있었다. 딸을 설득해 목초지 몇 곳이 있는 풍경을 배경으로 서서 카메라를 바라보게 한다고 해서 실제로 내 두 눈으로 몇 년을 그녀를 따라다녔어도 알지 못했을 것을 발견하게 되리라고 생각한단 말인가? 그럼에도 불구하고 그는 내가 언젠가는 볼만한 가치가 있는 무언가를 볼 수 있는 능력을 갖출지도 모른다 믿었다. 만일 평원의 채색된 단순한 이미지를 보려는 내 치기 어린 열망을 그가 무시할 수 있다면, 그는 최소한 내가 나만의 풍경을 발견하려 노력했다는 것은 인정할지도 모른다. (풍경을 찾는 일보다 더 중요한 것이 무엇인가? 결국 한 사람을 타인과 구별되게 하는 것은 그가 마침내 자신을 발견한 풍경 아니겠는가?) 어쩌면 젊고 맹목적인 내가 다음 날 해 질녘 그의 시골 저택에 가서 나를 소개하는 편이 좋을 것이라 했다. 나는 내가 원하는 만큼 머물며 손님으로 대접받을 것이다. 그러나 나는 때를 봐서 집안의 어떤 직책을 받아들이는 편이 나을 것이다. 이 직책의 명칭은 내가 선택하게 될 것이다. 그는 '필름 프로젝트 감독'이란 명칭을 제안했지만 언젠가는 내가 그 이름에 얼굴을 붉힐 것이라 예상했다. 나는 내 임무를 수행하는 데 발생하는 비용 외에도 추가로 합리적인 액수의 봉급을 받을 것이다. 물론 내 업무 범위를 제한하는 공식적인 임무 목록은 없을 것이다.

그는 가벼운 몸짓으로 나가보라는 뜻을 표했다. 여전히 눈을 감고 누운 그를 두고 나와, 오후가 저녁으로 기울어가는 바깥 통로에서 나는 그가 단 한 번도 나와 눈을 마주치지 않았다는 사실을 떠올렸다.

*

나는 저녁 일찍부터 해뜨기 직전까지 잤다. 나는 침대에서 일어나 발코니로 걸어 나가 평원 위로 열리는 새벽을 바라보았다. 동트기 바로 몇 분 전, 나는 이런 시골에서도 평소의 태양이 아닌 무언가 다른 것이 떠오르길 바라는 나 자신에 놀랐다. 그리고 유독 이날 아침, 나 자신을 영화의 등장인물로 여기고 있다는 것, 아래쪽 거리와 정원들이, 이미 충분히 의미심장하지만, 그 의미가 두 배는 더 커진 풍경으로 다가온다는 것이 색다르게 느껴졌다.

책상 위 책과 서류들을 싸기 전에 나는 한 폴더에 이렇게 제목을 붙였다. **제대로 된 대본 시작 전 마지막 생각**. 그러고 나서 폴더 안 깨끗한 종이에 이렇게 썼다.

이곳에 도착한 이후 몇 주 동안 내가 발코니에서 밖을 내다본 것은 단 두 번이었다. 저 평원들은 마을의 거의 모든 거리 끝에서 시작하기에 탐험은 간단한 일이었을 것이다. 그러나 내가 늘 소망했던 방식으로 평원 한 부분을 내 것으로 만들 수 있었을까?

오늘 밤 나는 마침내 그녀의 평원 풍경 안에 서게 될 것이다. 〈내륙〉의 첫 장면이 마침내 펼쳐지기 시작한다. 이제 나는 내 메모를 정리하고 대본을 쓰기만 하면 된다.

그런데 오랜 의심이 다시 고개를 든다. 단순한 이미지 하나로 표현될 수 있을 평원이 어딘가 있긴 한 건가? 어떤 어휘가 혹은 어떤 카메라가 내가 지난 몇 주 동안 그리도 자주 들었던 그 평원 안의 평원을 드러낼 수 있을까?

발코니에서 바라보는 광경 — 이제, 내가 평원 원주민인 것처럼, 견고한 대지가 아닌 어떤 대저택을 가리며 흔들리는 아지랑이가 보인다. 그 저택 안 어두운 도서관에는 한 젊은 여인이 그림 속에서 책을 읽고 있는 또 다른 젊은 여인을 응시하고 있다. 그 책은 이제는 시야에서 사라진 어떤 평원을 궁금하게 만든다.

이런 기분일 때면 남자는 누구나 어딘가 자신만의 머나먼 평원 한가운데로 여행하고 있을지도 모른다는 생각이 든다. 내가 이 마을에 이르기 위해 건너왔던 고작 몇백 킬로미터라도 제대로 다른 이에게 묘사할 수 있을까? 왜 흙과 풀을 보여주려 시도하겠는가, 지금 이 순간에도 저 먼 곳의 누군가는 그 여정을 내가 곧 발견하게 될 무언가의 상징으로 보고 있을 텐데?

그리고 지금쯤 그녀의 아버지는 내가 그녀를 향한 여정을 시작했다고 그녀에게 말했을 것이다.

*

마을의 괜찮은 상점 몇 군데에서 서류 캐비닛과 문구류, 단순한 카메라, 충분한 양의 필름을 주문했다. 내 새로운 후원인의 저택을 주소로 불러준 덕분에 존경을 누릴 수 있었다. 때가 되면 지주의 고용인이 와서 값을 지불하고 물건을 가져갈 것임을 암묵적으로 알 수 있도록 했다. 그리고 적어도 몇 달 동안 마을에서 내가 보이지 않을 것처럼 이야기했다.

평원에서 가장 더운 날인 것 같았다. 정오가 되기도 전에 내 친구들이 벌써 거리에서 들어와 내가 그들을 처음 만났던 술집 그들 자리에 앉아 있었다. 나는 내가 가는 곳이 마을에서 130킬로미터 정도 떨어진 곳이며 가장 황량한 지역 너머에 있다는 것을 그들에게서 들어 알게 되었다. 가는 내내 오후의 태양이 내 얼굴에 내리쬐리라는 것도. 그러나 나는 내 여정을 아무도 알지 못하는 경로를 통해 미지의 지역으로 들어가는 모험이라 생각하기로 했다.

어제 아침 술집에서 함께 있었던 이들은, 종종 그랬던 것처럼, 자신의 프로젝트에 대해 이야기했다. 한 작곡가는 그의 모든 음시(音詩)*와 교향악적 스케치는 평원에서 인구가 가장 적은 지역에 속하는 그의 출생지 주변 몇 킬로미터 내에서 착상하고 쓴 것이라 설명했다. 그는 그 지역의 특징적 소리에 상응하는 음악적 표현을 찾으려 노력 중이었다. 외부인들은 그곳의 완전한 고요에

---

* 시적 내용을 음악화한 관현악이나 피아노 연주곡.

대해 말하곤 했지만, 작곡가는 아주 미세한 소리의 어우러짐에 대해 말하며 사람들 대부분은 습관적으로 그 소리를 듣지 못한다고 했다.

그의 음악이 연주되었을 때 오케스트라 단원들은 청중과 멀리 떨어지도록 배치되었다. 각 악기는 가장 가까이 있는 소수의 청중에게만 들리는 정도의 소리를 냈다. 청중은 자유로이 — 각자 원하는 대로 조용히 또는 소음을 내며 — 돌아다닐 수 있었다. 몇몇 청중은 풀잎이 서로 맞닿는 소리 혹은 곤충의 바삭한 조직이 울리는 소리처럼 아주 섬세한 멜로디 파편들을 들을 수 있었다. 또 몇몇은 한 개 이상의 악기 소리가 들리는 지점을 발견하기도 했다. 대부분은 음악이 전혀 들리지 않았다.

비평가들은, 거의 표현되지도 않은 주제에서 대체 어떤 하모니를 이루었는지 모르겠으나 청중이든 오케스트라 단원이든 그 누구도 그것이 들리리라 기대할 수 없었다고 반박했다. 작곡가는 공개적으로는 그것이 바로 자신이 의도했던 바라고 늘 주장했다. 즉, 그의 예술의 목적은 평원의 소리와 같은, 아주 명백한 평원의 속성조차 이해 불가능하다는 점을 알리는 것이라고.

그러나 사적으로는, 특히 내가 여정을 떠나기 몇 시간 전 있었던 호텔에서 작곡가는 자신의 작품들이 어떤 결과에 이르렀는지 결코 알 수 없을 거라며 후회했다. 리허설을 할 때마다 그는 거의 텅 빈 홀을 이리저리 돌아다니며 어디선가 자신이 너무나도 잘

아는 각 부분들이 하나가 된 전체의 신호를 들을 수 있기를—그
것이 상당히 비합리적임은 그도 알았지만—희망했었다. 하지만
그는 하나의 리드나 현의 떨림 이상의 것은 거의 인지하지 못했다.
그래서 그는 드넓은 풀밭을 가로지르는 바람의 연주를 그저 애태
우는 침묵 정도로만 여기는 이들이 차라리 부럽다고 생각했다.

나는 작품이 세상에서 사라져버린 예술가와 마을에서의 내 마
지막 시간을 보내는 것도 어울린다고 생각했다. 나도 가끔 〈내륙〉
을 훨씬 더 긴 영화, 내가 알지 못하는 어떤 지점에서만 볼 수 있
는 그런 영화의 일부 몇 장면이라고 생각하곤 했으니까.

그런데 호텔을 떠나기 30분 전, 처음 보는 화가 한 사람이 영화
만드는 사람이라면 무시할 수 없을 이야기를 내게 들려주었다.

몇 년 전 이 사람은 그가 편의상 꿈의 풍경이라 부르던 것을 그
리기 시작했다. 그는 자신의 독특한 개념으로 빚어낸 어느 땅에
다가갈 수 있다고 주장했다. 그곳은 다른 이들이 진짜라고 부르
는 어느 땅보다 우월하다고 말했다. (그에 따르면, 소위 진짜 땅의
유일한 장점은 무딘 감수성을 가진 사람들도 같은 종류의 사람들
만큼만 인식을 해도 그 땅 안에서 길을 찾을 수 있다는 것이다.)
그는 깨어 있는 소수를 제외하면 그의 땅의 모습을 알아볼 사람
은 없을 거라고 회의적으로 생각했다. 그럼에도 불구하고 그는
캔버스에 물감을 칠하는 전통적인 방법으로, 오로지 눈에 보이는
것만 보는 이들을 위해 낯선 것을 조금 줄여주며 그 땅을 표현하

는 작업에 착수했다.

화가의 초기 작품은 호평받았지만, 그는 오해받았다고 생각했다. 관람객과 비평가들은 겹겹이 쌓인 황금색과 흰색은 평원에 함축된 본질적 요소로, 소용돌이치는 회색과 연녹색은 평원이 앞으로 변화할 모습의 암시로 보았다. 물론 그에게 그것들은 그 자신의 땅에서 볼 수 있는 뚜렷한 이정표들이었다. 자신의 작품 주제가 실제로 접근 가능한 풍경임을 강조하기 위해 그는 후기 작품에 몇 개의 분명한 상징을 넣었는데, 평원과 그의 땅, 양쪽 모두에서 공통적으로 볼 수 있는 형태에 가깝게 만들었다.

그의 '과도기'라 불린 시기의 이 작품들은 더 큰 찬사를 받았다. 저 멀리 주황색과 치자색의 황무지에서 어떤 패턴의 흔적을 포착한 평론가들은 그가 평원의 전통과의 타협에 이르렀다고 보았다. 과도한 파란색에서 떠오른 기이한 초록은 그가 동료 평원인의 열망을 인정하기 시작했다는 뜻으로 받아들였다.

화가는 내가 그만 자리에서 일어나고 싶어 하는 것을 알아차렸다. 그는 이야기를 중단했고, 내가 어디를 여행하든 새로운 땅을 찾지 못하리라 예측했다. 내 영화 이야기를 듣고는 한 인간이 관찰하려는 노력을 포기했을 때에야 시선에 와 닿는 광경이 중요하며, 어떤 영화도 그 이상은 보여줄 수 없을 거라고 말했다. 나는 〈내륙〉의 마지막 장면들이 가장 기이하고 가장 오래 지속되는 꿈을 드러내 보여줄 것이라 반박했다. 그러자 화가는 누구의 꿈도 또 다른 사람의 꿈에 떠오른 가장 단순한 이미지보다 더 기이할 수는 없다고 말했다. 그리고 그는 자신의 이야기를 이어갔다.

비평가들이 말하는 그 화가의 발전에는 몇 단계가 더 있었다. 그러나 내가 알 필요가 있는 것은 이제 그가 영감받은 풍경이라는 합의가 이루어진 것을 그리고 있다는 사실이다. 3년 동안 그는 작업실을 거의 떠나지 않았다. 작업실에 하나뿐인 창문은 빽빽한 상록수 잎으로 뒤덮여 있었다. 마을을 걸을 일이 있으면 그는 거의 모든 거리 끝에서 보이는 평원의 일부분을 쳐다보지 않으려 애썼다. 그는 이제 그가 한때 꿈꾸었던 땅 외에는 아무것도 보지 않는다고 단언했다. 그렇게 그는 매일 익숙한 색채와 형태를 외면한 채로 자신이 현재 지속적으로 거주하고 있는 땅에서 오로지 꿈에서나 등장할 땅의 풍경을 캔버스 위에 구성했다.

그는 자신의 작품 중 대단히 잘 알려진 것의 작은 컬러 복제품을 내게 보여주었다. 내겐 마을의 큰 상점 가구 판매 코너에서 본, 유리를 끼운 금박 액자 그림의 조악한 모방처럼 보였다. 내가 무어라 말해야 할지 생각하고 있는데 화가가 나를 뚫어지게 바라보며 말했다, 이 그림 속 풍경이 많은 평원인에게는 아주 낯설고 멀리 떨어진 유일한 장소여서 그나마 꿈을 꿀 배경이 된다고.

내 영화 촬영 장소로 향하는 도로를 80킬로미터 정도 지나왔을 때에야 나는 화가에게 그의 보라색 언덕과 은색 시냇물이 '외곽 호주'의 풍경으로 보일 수 있다는 것을 아는지 물어볼 걸 그랬다는 생각이 들었다.

*

나는 대저택의 첫 저녁 식사에서 그녀를 만났다. 외동딸인 그녀는 내 건너편에 앉았지만 우리는 서로에게 한마디도 하지 않았다. 그녀는 나보다 그다지 많이 어려 보이지 않았고, 따라서 내가 바랐던 만큼은 어리지 않았다. 그리고 내가 원했던 만큼 얼굴이 밝아 보이지 않아서, 나는 영화 마지막의 강렬한 클로즈업 장면 일부를 새롭게 구상해야 했다.

나는 저녁 식사만 이 가족과 함께 하고 하루 대부분은 북관 위층에서 도서관이나 도서관과 붙어 있는 내 독립된 내실에서 시간을 보낼 수 있게 조정했다. 그리고 이들 가족은 엉뚱한 시간에 아래층이나 혹은 건물 바깥 어디에서든 나와 마주치는 걸 양해해주었다. 예술가이니 예상 밖의 장소에서 영감을 찾아다녀도 이상할 것 없었다.

내 후원인인 그녀의 아버지는 내게 매일 저녁 식사 후 베란다에서 한두 시간 동안 함께 술을 마실 것을 요청했다. 첫 번째 밤, 우리 두 사람은 응접실 프렌치 창 바로 바깥에 앉았다. 남자의 아내와 딸은 여성 손님 몇 명과 여전히 안에 있었다. 나는 베란다에 남성 손님들과 나처럼 후원을 받아 일하는 같은 위치의 사람들이 북적이는 저녁이 많을 것임을 알았다. 그런데 그 첫날 밤, 딸이 달빛에 빛나는 평원을 향해 밖으로 고개를 돌릴 때마다 그녀에게 보인 것은 몸을 숙인 채 그녀 아버지와 긴밀한 대화에 몰두하는 나의 어두운 형체뿐이었다.

귀뚜라미들이 어두운 잔디밭에서 간헐적으로 울었다. 한 번, 저 멀리 목초지에서 물떼새 한 마리가 희미하고 격한 울음을 울었다. 그러나 평원의 거대한 정적은 거의 흐트러지지 않았다. 나는 밝은 창문과 창에 비치는 인물들을 내 앞의 광활한 어둠 속 어딘가에 서서 바라보는 그런 광경이라고 상상해보았다.

*

자정이 다 되어가는 시각, 나는 혼자 내 서재에서 **궁극적(?) 평원으로부터의 성찰**이란 제목이 붙은 폴더에 새로운 메모를 시작했다. 나는 이렇게 썼다.

저택으로 가는 도로는 황량한 샛길에서 갈라져 나온 것이었는데, 그 샛길의 표지판들은 때로 모호하고 모순적이었다. 내가 정문에 섰을 때(나는 분명히 확인했다) 사방 몇 킬로미터 어디에도 집도 헛간도 건초 더미도 보이지 않았다. 내가 서 있던 곳은 끝에서 끝까지 몇 킬로미터는 됨 직한 완만하게 파인 분지의 제일 낮은 지대였다. 지평선으로 둘러싸인 그 원 안에서 내가 유일한 인간이었다. 물론 내 후원인의 집은 문 너머 어딘가 있겠지만 분명하게 시야에 들어오지는 않았다. 집으로 이어지는 진입로가 있었지만 가야 할 길 전체를 보여주지 않았다. 진입로는 나지막한 언덕 기슭 위 사이프러스 농장 뒤로 꺾어지더니 다시 나타나지 않았다. 바깥 도로에서 안으로 차를 운전해 들어가면서 나는 생각했다, 평원에서 가장 외로운 지점에 있는 입구를 통해 보이지 않는 사적인 세계로 내가 사라지고 있다고.

이제 내가 할 일이 무엇이 남았나? 나는 어떻게 시작했는지 거의 기억도 나지 않는 내 탐색 여행의 거의 끝에 가까워졌다. 그녀는 평생을 이 평원에서 살았다. 그녀의 여정은 전부 이 거대하고 조용한 땅에서 시작됐고 끝났다. 그녀가 꿈꾸는 땅들도 저 멀리 그 한가운데에 저마다의 평원이 있다. 내가 하고자 바라는 일을 묘사할 적절한 단어가 없다. 그녀의 풍경을 알아보고 인식하기? 그곳을 탐험하기? 내가 처음 우연히 그녀를 만났던 평원을 어떻게 알게 되었는지 말로 설명하기 힘들 것이다. 하물며 그 너머 더 낯선 장소들에 대해 이야기로 풀어낸다는 것은 가망이 없다.

우선 그녀 고유의 영역에 대해 정교하게 이해를 해야만 한다. 오롯이 그녀의 것인 드넓은 땅을 배경으로 서 있는 그녀를 보고 싶다. 기슭과 평지와 나무가 우거진 물길은 다른 이에게는 특별할 것 없겠지만 그녀에게는 100가지 의미를 지닌다.

그러고 나서 나는 오직 그녀만 기억하는 평원을, 그녀가 결코 잊은 적이 없는, 하늘 아래 반짝이는 그 땅을 드러내어 밝히길 원한다.

그리고 나는 탐험가를 부르는 또 다른 땅들을, 그녀가 베란다에서 밖을 내다볼 때 전혀 낯선 땅임을 알아차리는 그러한 평원들을 볼 생각이다.

마지막으로 나는 그녀조차 잘 모르는 평원으로, 그녀의 마음을 따라 그녀가 꿈꾸는 풍경 속으로 모험을 떠나고 싶다.

*

대저택에 머문 처음 몇 달 동안 나는 내 작업 방식을 평원의 여유로운 리듬에 맞추었다. 매일 아침 집에서 나가 2킬로미터 정도 산책을 했고, 등을 대고 누워 나를 스치고 지나가는 바람을 느끼거나 구름을 쳐다보곤 했다. 그러다 보면 평원에서 보낸 시간이 몇 시간인지 며칠인지 구분이 안 되기도 했다. 무아지경에 빠진 듯한 시간이었고, 어떨 때는 영화에서 몇 분 정도 구성할 수 있는, 길게 이어지는 거의 동일한 프레임 같기도 했다.

오후에는 도서관을 둘러보았고, 때로는 영화 대본에 쓸 메모를 이어가기도 했지만, 그보다는 평원 관련 출간 서적과 내 후원인이 갖추어놓은 제본된 일기, 편지, 가족 기록 서류 등을 읽었다. 그리고 저녁 무렵이면 한 창가에서 이 집 딸을 보려고 기다렸다.

그녀는 내가 아직 보지 못한 지역으로 매일 말을 타고 다녀온 후 마구간에서 넓은 잔디밭을 가로질러 내가 있는 방향으로 걸어오곤 했다.

그 처음 몇 달 동안 평원에 관한 자료로 가득한 서가 사이에서 책을 읽고 있노라면 이따금 그녀가 관상용으로 만든 호수 저 멀리서 반쯤 길든 메추라기와 능에를 부르는 소리가 들리곤 했다. 그럴 때면 나는 서둘러 창가로 가 그늘진 정원 속에서 그녀를 찾아보곤 했는데, 그녀의 모습과 내가 읽고 있던 책의 어렴풋한 잔상이 어떨 때는 겹쳐지기도 했다. 저 멀리 홀로 있는 그녀는 그 옛날 3세대를 거슬러 올라가, 15년 동안 매일 쓰기만 하고 단 한 번도 보내지 못했던 그 긴 편지 속 여인일지도 모른다. 또는 그녀 옆 호수에 비친 관목과 하늘의 이미지는 평원에서 가장 비관적인 철학자라는 평판을 지녔던 그녀의 종조부가 쓴 미출간 어린이책 속 환상의 나라에 나오는 것일지도 모른다. 또는 조심조심 소심한 능에들을 향해 가만가만 다가가는 그녀는 자신의 상상 속에 존재하는, 그러니까 그녀의 아주 오래전 일기에 등장하는, 땅에서 사는 새의 비밀을 알고 싶어 그 새들 가운데 살러 갔다는 그 소녀인지도 모른다.

여름이 끝날 무렵 내 메모가 상당히 방대해져 나는 때때로 메모를 잠시 치워두고 영화의 시작 장면을 구상할 좀 더 단순한 방법을 찾아보곤 했다. 나는 창가에서 서서 이 젊은 여성이 어린 시절 마지막 몇 년 사이에 그린 그림 한 점을 창유리에 대고는 마치 색 바랜 물감의 반투명 붓 자국 속에 창밖의 땅이 걸려 있기라도 한 것처럼 자세히 들여다보곤 했다. 때로는 그림에서 한 부분을 잘라내고 그 중요한 자리에 실제 평원의 먼 풍경이 보이도록 했다. 한번은 어떤 그림의 한 부분을 잘라 유리 위 다른 그림의 커다란 직사각형 여백 한가운데 붙여 넣은 적도 있다. 이렇게 배열한 그림을 창문에 고정한 후, 나는 그림을 향해 천천히 걸어가며 기억과 비전과 꿈에 관한 영화의 첫 프레임에 어울리는 음악을 흥얼거렸다.

*

어느 가을 늦은 오후 나는 어느 잊힌 여행자이자 자연철학자의 에세이집 여백에 그녀가 연필로 쓴 메모들을 읽다가 자리에서 일어났다. 평소처럼 창으로 천천히 걸어가니 그다지 멀지 않은 곳에 그녀가 보였다. 평원의 그 부분은 가을의 느낌이 뚜렷하지는 않았다. 이국적인 나무 몇 그루엔 잎들이 가장자리가 말린 채 달려 있었다. 잔디밭 여기저기 맛없는 조그만 열매들이 떨어져 있었다. 그리고 지평선이 좀 덜 흐릿해 보이긴 했다.

나는 집을 향해 걸어오는 그녀의 얼굴이 놀라울 정도 선명한 이유는 햇빛 속 무언가가 부족해서라는 생각이 들었다. 그런데 그녀가 처음으로 내 창문을 올려다본 까닭은 설명할 수 없었다.

나는 유리창에서 몇 걸음 뒤로 물러나 서 있었는데, 앞으로 다가가지는 않았다. 평원에 관한 초기 작품 일부의 영향 속에서, 나는 지금 내게 떠오른 일련의 이미지들을 기억해두려고 애썼다. 영화가 시작할 때 혹은 끝날 때(혹은 같은 장면이 시작과 끝 두 번 나올 수도 있다), 젊은 여인 한 사람이 평원 어딘가 쓸쓸한 곳에서 등장했다. 그녀는 거대한 저택으로 다가갔다. 그 저택의 한쪽 건물을 돌면서 창문들을 흘깃 들여다보는데, 장난감과 어린아이가 크레용과 수채로 그린 사생화로 장식된 방들이 모여 있었다. 그녀는 관목 숲으로 가서 정원의 풍경을 응시하고, 정원은 점점 멀어지며 평원으로 바뀌었다. 그 평원은 오로지 그녀에게만 보였다. (그녀의 몸은 카메라와 그녀가 바라보는 것 사이에 놓여 있었다.)

마침내 그녀는 잔디밭에서 시야가 가장 탁 트인 경사 부분으로 갔다. 그녀는 머뭇머뭇 무언가를 찾는 사람처럼 움직이는데, 틀림없는 것이긴 하나(전에 어디선가 잠시 본 적이 있었던 걸까?) 그럼에도 붙잡기 힘든 것임을 아는 듯했다.

어느 순간이 되면 이 영화를 보는 사람은 이 젊은 여인이 맡은 배역을 연기하는 것이 아니라고, 그녀의 자신 없는 동작들이 진짜로 무언가를 찾는 행동이라고 생각하게 될 것이다. 무엇을 찾는지는 오로지 시나리오 작가만이 추측할 수 있을 거란 느낌과 함께.

그때 여인은 카메라 정면을 향해 얼굴을 돌리는데, 관객은 그녀가, 따라다니는 카메라를 전혀 의식하지 않고 자유로이 행동하는 다큐멘터리 출연자와도 다르다고 말할 것이다. 그녀는 자신을 바라보고 있는 이가 누구든 그를 똑바로 바라보는데, 마치 자신이 찾고 있는 것이 그 방향에 있다는 듯하다. 아니, 어쩌면 그녀는 그저 자신이 하도록 되어 있던 역할을, 그러니까 시나리오 작가가 염두에 두었던 역할을 분명히 알지 못했던 것일 수도 있다.

*

후원인의 딸은 내 창문을 올려다보다 마침내 고개를 돌렸다. 그녀가 시야에서 사라지자 나는 작은 탁자를 들고서, 그녀가 쳐다봤을 때 내가 서 있던 창가 근처 자리로 가지고 갔다. 탁자 위에 의자 하나를 올리고 등받이에 내 카디건을 걸쳤다. 그리고 의자 옆에 서서 내 어깨높이까지 오는지 확인했다.

이제 나를 대신하는 이 허수아비에 머리가 필요했다. 나는 깃털 먼지떨이를 적당한 위치에 테이프로 붙였다. 하지만 능에의 칙칙한 색깔 꼬리 깃털은 창문 너머에서 거의 보이지 않을 것이고, 내 얼굴은 눈에 띄게 희다는 데 생각이 미쳤다. (평원으로 온 후 대부분 실내에서 생활했다는 것이 떠올랐다.) 파일 캐비닛 제일 위 서랍에 대본 원고와 타이핑용 백지가 절반가량 들어 있었다. 나는 빳빳한 백지를 한 손 가득 꺼낸 다음 먼지떨이 깃털에 둘러가며 느슨하게 둥근 형태로 만든 다음 테이프로 고정했다.

나는 여인이 건물 안 자신의 거처로 들어갔는지 확인했다. 그러고 나서 아래층으로 내려가 산책로를 따라 그녀가 아까 올려다보던 위치로 갔다. 그곳에 직접 서서 도서관 창문을 쳐다보았다.

나는 도서관 내부가 어두워 보여 깜짝 놀랐다. 창문 하나를 제외하고는 늘 블라인드를 내려놓고 있었다. 그렇게 해도 내 책상에서는 평원의 강렬한 햇빛이 와 닿는 것을 느꼈다. 이제 그 창문에는 어스름만 담겨 있어 그 뒤의 공간은 전혀 보이지 않았고, 오로지 내 위의 하늘 이미지만 비치고 있었다.

나는 그녀만큼 그 자리에 오래 서 있었다. 멀리 반사되어 광채가 흐르는 하늘은 처음에 보았던 것처럼 단색의 강철빛이 아니라 군데군데 희미하게 줄과 점이 있었다. 나는 그 흐릿한 얼룩들이 전부 멀리 떠 있는 구름 조각들이라 생각할 뻔했는데, 내가 걸음을 옮겨도 그중 하나는 유리에 그대로 남아 있었고, 한 발짝 움직일 때마다 그 주변 하늘 이미지만 변화했다.

나는 내 얼굴을 대신한 그 흐릿한 흰색을, 내 허수아비에 붙인 그 백지를 계속 쳐다보고 있었다. 그날 오후 평원에서 온 젊은 여인은, 반사된 하늘의 구름 조각들이 가리지만 않았다면, 아마도 내 실제 얼굴을 볼 수 있었을 것이다.

*

　나는 도서관으로 돌아와 나와 닮은 조악한 허수아비를 해체했다. 내 얼굴로 보였던 백지는 주름지고 구겨졌지만 나는 그것을 한여름부터 작업용으로 사용하던 커다란 중앙 탁자로 가져갔다. 그리고 자리에 앉아 두 손으로 종이를 펴려고 애썼다. 나는 마치 백지가 아닌 것처럼 그 종이들을 오래도록 응시했다. 그리고 심지어 ─ 좀 망설이던 문장들을 ─ 그 위에 쓴 다음, 손으로 종이를 쓸어 바닥으로 떨어뜨리고 작업을 이어갔다.

둘

예비 메모: 평원에서 10년 이상을 보낸 후에도 나는 여전히 자문해야 한다, 이 지역에서 가장 일반적으로 '다른 호주'라 불리는 땅의 모든 모습을 내 평생의 작업에서 제외할 수 있는가, 하고. 내가 겪는 어려움은 그 땅이 내 주변 사람들에게 알려지지 않았다거나 낯설어서가 아니다. 차라리 그들이 알지 못한다면, 평생 평원에서 살아온 젊은 여성에게 이런저런 속임수를 썼었을 것이고, 어쩌면 평생 온갖 기이함을 다 보아온 특별한 남자로 나 자신을 소개했을지도 모른다. (그런데 이것도 분명 불가능했을 것이다. 평원인의 가장 일반적 특징 중 하나가 그저 익숙하지 않다는 이유만으로 상상력을 자극받는 것은 절대 허락하지 않는 고집이라는 것을 내가 잊었겠는가? 얼마나 많은 오후를 이 도서관에서 보내며, 지금까지 발견된 평원 지역의 거대한 지도를 펼쳤던가? 가

장 존경받는 지도제작학파의 작품도 아주 잘 알려진 지역에 있을 법하지 않은 부족과 파격적인 짐승을 배치하고, 다른 학파들이라면 비워두었을 자리에 지독하게 익숙한 특징들로 채워 감탄하지 않았던가?)

내 어려움은 또한 나 같은 사람도 한때는 잘못된 개념이나 억지스러운 왜곡을 평원에 대한 묘사로 받아들이고 진지하게 연구했으며 심지어는 지지하려 했다는 사실을 평원인들에게 호소해야 하는 일이 아니다. 다시 한번 말하지만, 이 도서관에는 흔히 볼 수 있는 어두운 벽감이 있는데, 그곳에는 거의 읽히지도 않고 노고에 대해 적절한 보상도 받지 못한 학자들의 연구물이 있다. 이 학자들은 평원에 관한 진짜 학문이나 풀리지 않은 수많은 질문을 연구하는 만족감을 포기하고, 대신 평원 비슷한 것조차 본 적 없는 이들이 묘사하고 심지어 존경하는 환상 속의 혹은 거짓의 평원을 연구 영역으로 삼았다.

내가 겪을 어려움은 아마도 〈내륙〉의 몇 장면들이 평원에서 먼 장소를 여전히 기억하는 한 남자의 삶에서 일어났던 사건들로 여겨질 수 있다는 점일 것이다. 그러나 통찰력이 형편없는 평원인이라도 내 이미지 패턴을 어떤 식이든 진보의 서사라고 오해하지는 않을 것이라 믿는다. 인간 마음의 이야기는 그로부터 영향을 받는 육체의 이야기와 다르지 않다고 믿는 땅으로부터 내가 멀리 왔음을 나는 기억해야 한다. 이 도서관에서 나는 평원인의 본성에 대해 자유로이 사색한 작품들로 가득한 공간을 발견했다. 많은 저자가 기이하고 당황스러울 정도로 낯설고 어쩌면 의도적으로 일반적인 이해를 어렵게 만든 사고 체계를 가지고 있었다. 그럼에도 어떤 저자도 평원인을 육체의 우여곡절에, 마음이 제대로 성숙하기 전 어린 시절 육신에 닥쳤던 불행에 얽매인 존재로 묘사하지는 않았다.

물론 어린 시절 이야기를 담은 평원 관련 문헌들도 많이 있다. 기억하기도 너무나 사소한 일들에 잠식되기 전, 그날이 그날 같던 중에도 간간이 운 좋게도 유일하게 그 풍경을 목격했던 시절, 흔들리는 햇살 아래 잠시 존재했다는 그 땅 혹은 대륙의 지형에 대한 세세한 서술로 가득 채운 책들이 있었다. 그리고 호주에서 멀리 떨어진 곳에서는 철학이라 불리는 것과 상당히 닮은 학문 분야도 있는데, 한 관찰자가 혼자 기억했던 풍경과 후일 그 관찰자가 풍경에 어울리는 묘사를 시도할 능력을 갖춘 후 설명한 같은 풍경, 그 두 가지를 비교 연구하는 데서 기원했다고 한다.

이 학문은 최근 들어 중요하게 생각하는 부분을 변경했다. 관찰자 한 사람만의 영원한 재산으로 남을 데이터에 의존한 연구이기에 비평가들이 좌절감을 느끼는 것도 어쩌면 당연했기 때문이다. 이 주제와 관련한 새로운 연구는 의심의 여지 없이 더 만족스러운 사색의 결과를 낳았다. 지금은 최신 유행이 된 이 연구물이 거의 모든 교양 있는 평원인의 서가에 자리 잡은 것도 놀라운

일은 아니다. 시선을 사로잡는 검은색과 라일락색 표지의 통일된 판형으로 나온 그 많은 책은 보는 것만으로도 만족감을 준다. 잘못 기억된 것에 관한 기억이라 알려진 도발적인 에세이에서 저자들이 선택한 이미지들을 조사하고 그에 대한 대단히 긴 보고서를 출간하여, 불과 몇 년 만에 상당한 성공을 거두고 광범위한 명성을 얻은 신예 출판사를 평원이 아니라면 또 어디에서 볼 수 있겠는가?

나 역시 그 복잡한 논지와 상세한 설명, 모호한 연결 고리와 희미한 반향에 대한 지적, 지엽적이고 심지어 부정확한 거대한 산문을 끈질기게 관통하는 모티프가 있다는 것을 마침내 의기양양하게 증명해내는 힘 등에 감탄했었다. 그리고 수천의 독자들처럼 나 역시 그들이 해설한 주제의 중심에 놓인 사색과, 방어할 수 없다고 인정한 사람들이 오히려 열정적으로 방어한 그 결론들이 궁금했었다. 그리고 평원인들 대부분처럼 나 또한 그러한 사색과 결론을 채택할 생각이 없다. 정교하게 균형을 취한 이들 가설이 어떤 식으로든 증명되었다거나 혹은 설득력 있다고 주장하는 것은 오히려 그 가치를 떨어뜨릴 듯하다. 그런 주장을 하는 사람도 절대적 확실성을 수집하여 쌓아두는 인간으로나, 더 나쁘게는 아주 부적절한 목적으로, 그러니까 말로 빚어낸 결과를 정당화하기 위해 또 말을 사용하려는 바보로 보일 것이다.

이들 놀라운 사색의 주된 매력 하나는 아무도 이 연구를 자신의 삶에 대한 이해를 바꾸는 데 사용할 수 없다는 것이다. 그리고 이러한 점 때문에 평원인은 최신 이론들을 하나씩 차례로 자신의 상황에 적용해보면서 더욱 즐거움을 느끼는 것이다. 즉, 우리의 모든 경험이, 잠시 존재했다는 것 외엔 아무 의미도 없는 듯한 이들 미미한 발견보다 중요하지 않다면 과연 어떻게 될까? 타인에게 설명될 수 없다는 점 때문에 지각, 기억, 가정의 가치가 줄어드는 것이 아니라 오히려 커진다는 것을 확신할 수 있다면 그 사람은 자신의 행동을 어떻게 재정돈하게 될까? 또는 소위 보편적인 진실을 찾는 일에서 해방되어 그 자신 고유의 진리 탐구를 통한 진실을 얻을 수 있다면 성취하지 못할 것이 무엇일까? 하는.

이러한 질문들이 당시 평원에서 가장 많이 수행되고 논의되는 것으로 보였던 학문의 일부 결과인데, 행복한 우연으로, 나는 그때 마침 다른 누구도 아닌 바로 내가 볼 수 있는 것을 보여줄 예술작품을 준비하고 있었다. 그렇지만 내가 기억해야 할 것은, 상당수의 지주들이(그리고 상점 조수와 초등학교 교사와 경마 훈련사 가운데도 사적으로 읽고 글을 쓰는 이들이 얼마나 많을지 누가 알겠는가?) 이미 그 새로운 학문을 포기했다는 사실이다. 그렇다고 그들이 그 연구를 비난하지는 않는다. 오히려 자신들이, 주간지 기고문에서 미세한 문제들을 토론하고 주말 메추라기 사냥이나 양털 깎기 대회에서 라일락색-검은색 책 저자와 자랑스럽게 사진 찍는 이들보다 더 철저하게 몰두했었다고 주장한다. 그러나 주저하는 이 연구자들은, 그 주제에 대한 각 개인의 평가를 비교하고 잠정적으로라도 그 주장에 대한 합의에 도달할 기회가 사람들에게 주어진다면, 지극히 개인적이고 주관적이어야 하는 이 주제는 그 본질상 계속 추구될 수 없다고 믿는다.

이들은 먼 미래의 어느 날을 기다릴 준비가 되어 있다. 따라서 이들은, 그때가 되면 평원에서의 학문 경향도 점진적이면서도 피할 수 없는 순환 주기의 절반을 지날 것이며, 그럼에도 평원인은 여전히 한 인간과 그의 과거 사이 깊은 심연에서 떠오르는 산문시, 소나타, 마리오네트의 가면극 혹은 얕은 부조를 더 선호할 것이라고 말한다. 현재의 위대한 질문들도 그때가 되면 우리 학문이 남긴 유적지를 서성거리는 이들에겐 멀고 낯설어 보일 것이라고.

내가 언급하는 어떤 학자도 오후 햇살이 얼마나 오래도록 도서관 어두운 구석을 거듭 들어온 후에야 마침내 빛나던 잉크가 세월에 퇴색된 책을 발견하게 될지 짐작도 못 한다. 이들 학자는 대신, 잊힌 작가의 고백에서 예기치 못한 은유의 조화를 우연히 마주하고선 그 소중한 발견이 다른 이들에게는 가치가 없다는 것을 아는 데서 오는 별난 기쁨을 이야기한다. 이들은 오래전 버려지거나 신뢰를 잃은 무언가를 개인적 비전의 소중한 상징으로 간주하기도 하는데 이는 모든 평원인이 추구하는 바이다. 가장 큰 보람을 느끼는 프로젝트는 사상의 역사에서 어떤 유물을 찾아 예전의 영광을 복원하는 것이라고도 말한다. 그것에서 어떤 용도를 찾든, 오랫동안 빛을 잃은 표면에 어떤 광휘를 가져다주든, 항상 본인의 평가에 대해 기꺼이 의심을 품을 수 있어야 한다. 완벽하다며 소중히 여기는 통찰도 언젠가는 오래된 어느 텍스트에서 발견한 작은 주석 하나에 새롭게 확장될 수 있는 법이다. 심지어 무시된 개념과 버려진 아이디어를 소유하게 되었다는 즐거움을 느낄지라도, 앞서갔던 누군가는 또 다른 시각에서 그것을 고찰했음은 인정해야만 한다.

나는 이 점을 다시 상기하고자 한다—상실과 변화에 대한 평원인의 인식에서 나온 모든 예술과 학문을 살펴보아도, 한 인간의 생애에서 어떤 시기의 상태를 연구할 때 그 사람의 그보다 앞선 시기를 살펴서 밝혀낼 가능성을 진지하게 받아들이는 학자는 없다. 유년기와 청소년기에 대해 지대한 관심을 보이지만, 평원인은 인간의 흠결이 어린 시절 불행이나 그로 인한 결과에서 비롯된다는 이론도, 인생은 처음의 만족한 상태가 점차 퇴락하는 것이란 이론도, 우리의 기쁨과 즐거움이 열망과 현실 상황 사이의 타협에서 온다는 이론도 전혀 고려하지 않으며, 단지 너무나 자명한 허위의 예로만 제시한다.

나는 오랜 독서뿐 아니라 평원인과—요즘은 도자기 양식 역사서에서 컬러 도판을 찾을 때만 도서관을 방문하는 이 집안의 가장이자 예측 불가능한 나의 후원인과도—의 긴 대화를 통해서 이곳 사람은 일생을 일종의 또 다른 평원으로 이해한다는 확신을

얻는다. 이들은 오랜 세월에 걸친 여정이니 하는 진부한 표현은
좋아하지 않는다. (평원인 가운데 실제로 여행을 해본 사람이 극
소수라는 것을 알고 거의 매일 놀라고 있다. 탐험의 세기였던 황
금시대에도 새로운 지역으로 가는 길을 발견하여 영예를 얻는 개
척자보다는, 자신의 좁은 지역을 마치 그 새롭게 발견된 머나먼
땅 너머라도 되는 듯 정교하게 묘사하여 동등한 영광을 얻는 이
들이 수십 배 더 많았다.) 그런데 그들은 이야기와 노래에서 '시
간'을 말할 때면, 친숙하지만 두려운 평원처럼 그들에게 밀려오
거나 물러난다고 표현한다.

이곳 사람은 자신의 젊은 시절을 이야기할 때, 사라진 후의 부
재(不在)가 아니라 구체적인 하나의 장소를, '시간'이 장막이나 장
벽 같은 개념이 되어 방해받지 않는 그런 장소를 뜻하는 듯하다.
그 젊은 시절이라는 장소에 있는 이들은 그곳의 독특함을 찾을
기회를 얻는데(다른 곳의 사람들이 신이나 무한의 사상에 집착하
듯 평원 사람은 그 독특함이란 특질에 집착한다), 현재의 그 사람
이 자신이 있는 장소의 특별한 정체성을 알아내려 열심히 노력하
는 것과 마찬가지이다. 물론 각자―그 사람과 젊은 시절의 그 사
람―가 자신의 고유한 상황을 이해하지 못한 실패담도 많이 있
다. 이 둘은 종종 이웃에 사는 두 주민에 비유된다. 두 이웃 주민
은 필요한 모든 평원이나 알고 싶은 모든 평원을 지도에 담으려
하고, 각각 상대의 경계 일부를 자신의 지도에 포함해도 좋다고

합의하기도 하지만, 결국 자신들의 두 지도가 깔끔하게 하나가
될 수 없다는 것을 깨닫게 된다. 갖고 싶었던 마지막 장소와 주장
할 권리가 없는 첫 번째 장소 사이에 모호한 지대가 있음을 둘 다
인정한 것이다. (다행히도 지금 내 작업은, 아무도 당당하게 차지
못하는 그 불확실한 중간 지대에서 모든 지식과 심지어 모든 예
술이 나와야 한다고 주장하는 상당히 큰 학파에 관심을 가질 필
요가 없다. 그래도 언젠가는 지리학 주제의 특이한 한 줄기인 '중
간 지대 평원' 이론에 대한 내 호기심을 충족할 것이다. 이 이론의
정의에 따르면 '중간 지대 평원'은 절대 방문할 수 없지만 모든 평
원과 접하고 있고 모든 평원에 접근 가능하다.)

따라서 내 후원인이 오래전 보고 만졌던 것과 아주 약간 비슷
한 종류의 타일 유약을 살펴볼 때, 그 초록색과 황금색의 균질하
지 않은 반투명감과 여러 겹의 농도 등을 꼼꼼히 들여다볼 때, 그
는 과거의 경험을 투박한 의미로 '되찾으려는 것'이 아니다. 만일
그가 그런 식으로 생각했다면 차라리 저택의 남동관에 있는 주
랑 현관과 안뜰로 산책을 나갔을 것이다. 그곳에는 그가 떠올리
려 하는 바로 그 색조들이 오후의 햇살에 혹은 반사되어 떨어지
는 빛에 빛나고 있어, 나 같은 사람도 세심하게 보존된 기둥과 포
석과 연못 사이에서 다시는 나타나지 않을지도 모르는, 그 환상
적인 초록에 감탄하게 되니까. 따라서 그가 몇 시간이고 말없이
타일을 살핀다고 해서 그가 현재의 평원이 가져다주는 풍경과 감

각을 거부한다는 증거는 아니라는 것이다. 내가 아는 한 그는 이 안뜰에서 보낸 예전의 오후를 생각할 때 상당히 담담하다. 안뜰에서는 평원의 가장 큰 고요조차 한층 더 사색에 잠기게 하는 고요에 가려지고, 유약 칠을 한 점토의 흉내 낼 수 없는 광채 덕분에 초록색과 황금색은 일반적으로 선호하는 색채와도 거리가 있고 저 멀리 인적 없는 풀밭에서 드물게 보이는 색채보다도 더 독특하다. 그는 되찾을 수 없는 그 모든 것이 온전히 익숙한 지형에 둘러싸여 있기를 바란다. 그는 또한 자신의 삶의 구조도가 평원인이 선호하는 패턴과 같기를, 즉 미스터리의 영역이 익숙하고 수월하게 접근 가능한 지역으로 둘러싸여 있기를 원하는 것이다. 그런 사람이기에 그는 분명 이런 조용한 오후에 그 잘 알려진 패턴을 더욱 정제하여 보여주고자 할 것이다. 소박하게 장식된 타일의 색조와 질감을 차분히 살펴보는 이 사람은 자신의 손이 닿고 자신의 눈이 미치는 범위 안에 있는 듯 보이는 것들의 온전한 의미가 다른 이에게 있음을 이해한다. 그리고 이 다른 이는 오후 햇살에 따뜻해진 타일 벽 표면을 손가락으로 훑으며 자신의 감각에는 또 다른 이의 인식이 포함된다는 것을 알며, 이 또 다른 이는 물러나는 햇빛과 빛나는 색채의 결합에 대한 해석에 거의 도달하지만 그러한 순간의 진실은 자신을 넘어서는, 더 멀리 보고 느끼고 궁금해하는 어떤 사람에게 존재한다고 생각한다.

　나는 때로 내 후원인이 그가 신봉한다고 주장하는 정통 학파

방식으로 '시간' 개념을 이해하고 있는 것인지 의심스러울 때가 있다. 이따금 나와 토론하는 경우, 그는 현재 제기된 네 가지 다른 이론과 맞서는 '시간, 반대 평원' 이론을 옹호한다. 그런데 나는 그의 논지가 과도하게 깔끔하다는 것에 주목한다. 이제 나도 평원인의 사고 습관을 충분히 아는데, 대개 그들은 어떤 문제에 대해 완벽한 설명에 좀 미치지 못하고 어떤 여지가 남은 이론을 선호하는 경향이 있다. 나의 후원인이 그 '시간' 개념의 대칭성과 완전성에 기쁨을 보인다는 것은 어쩌면 그가 은밀히 다른 인기 이론을 탐구하고 있거나, 더 가능성 있게는 '시간'의 본질을 자신만의 이론으로 인식하는 저들 교리적 은자 중 한 사람이 되었기 때문이라고 생각한다. 최근까지 그들 은자는 그 다섯 학파의 추종자들만큼 큰 존경을 받았었다. 그러나 그중 좀 더 열정적인 몇 사람이 개인적인 '시간'의 미로를 그들 시와 산문, 아직도 제대로 된 이름조차 붙일 수 없는 (어떤 것은 절망적일 정도로 단편적이고 어떤 것은 거의 참을 수 없이 반복적인) 새 연구물의 배경으로 삼으면서, 비평가들이 — 심지어 일반적으로 관대한 대중 독자들도 — 인내심을 잃어버렸다.

이는 평범한 평원인이 그런 행위가 혼란스럽다고 생각하거나, '시간'이란 주제를 정교하게 다듬기 위해 자신이 선호하는 방식의 범위와 다양성에 해를 끼친다고 생각해서는 아니다. 그렇지만 어쨌든 '시간'이란 주제가 평원인이 고독한 은자의 통찰력을 신뢰하지 않는 몇 안 되는 주제인 건 맞는 듯하다. 아마도, 어떤 비평가들이 최근에야 주장한 것처럼, 그 주요 이론 다섯 가지는 여전히 너무나 불완전하고 너무나 모호한 영역이 많지만, 가장 독창적인 은자조차도 자신의 역설적인 풍경과 불분명한 우주론을 그 다섯 이론의 넓은 틀 안에 포함해야 할 것이다. 혹은 이 은자들에 가장 반대하는 이들—다섯 학파의 추종자들과 거의 비슷한 숫자가 여기에 포함되는데—은 아직 확실히 발표되지 않은 또 다른 이론의 존재를 비밀리에 믿고 있을지도 모른다. 이는 자기 패배적인 주장인데, 즉 '시간'이란 두 사람만 모여도 그 의미에 합의할 수 없고, '시간'에 대해선 아무것도 단언할 수 없으며, '시간'에 관한 우리의 모든 언급은 이 평원의 엄청난 공허함과 평원 너머로 여행하게 해줄 유일한 차원에 대한 기억의 부재를 채우기 위함이라는 것이다. 그 경우, 이들은 고집스러운 은자들에 반대하며 그들 이단자 중 누구라도 이 자기 패배적 주장을 다른 이에게 전파할 방법을 찾지 못하도록 경계하는 것이다. (여기서 말하는 방법은 시나 난해한 픽션 서사일 가능성이 크다. 평원인은 논리에는 거의 설득당하지 않는다. 그들은 논리가 작용하는 깔끔함에 아주 쉽게 산만해지며, 논리는 정교한 거실 게임이나 만들 때 사용하는 사람들이다.) 이들 반대자가 두려워하는 것은 '시간'에 대한 이 새로운 관점이 평원인이 끊임없는 연구를 통해 만들고 사용하는, 모든 것은 변화한다는 정교한 개념들을 없앨지도 모른다는 점이다. 그렇게 되면 평원은 변화 없이 항구적인 곳이 되고, 그곳에서는 자신만의 시간 개념이 있다고 기만할 수 있거나, 아무도 이해할 수 없는 시간에 대한 믿음을 가장하는 사람들만 살아남을까 우려하는 것이다.

몇 년 전 나는 도서관에서 '시간'에 대한 위대한 서적들이 있는 쪽으로 가보자는 생각이 들었다. 예전엔 앞으로도 책꽂이가 충분하다고 생각했었는데 이제는 책들이 너무 많아 넘쳐나고 있었다. 매일 도서관을 방문하는, 후원인의 아내도 그쪽에 관심을 두는 것 같았다. 그녀는 나이가 나와 비슷했고 평원의 기준으로는 여전히 아름다웠다. 그녀가 주변에 탑처럼 쌓인 책 더미에서 한 권을 꺼내 자세히 살피는 경우는 드물었고, 다양한 제목들을 그냥 들여다보거나 화려한 표지들을 가끔씩 만져볼 뿐이었다. 그녀는 오히려 도서관의 서쪽 벽에 걸린 커튼에 관심이 더 많았다. 때로 그녀는 그 꿀 빛깔의 거대한 커튼을 단단히 닫았는데, 그러면 그녀 주변의 빛이 갑자기 더욱 깊어졌으나 일시적이었던 것 같다. 아니면 그 커튼을 열기도 했는데, 그러면 지는 태양과 변함없이 텅 빈 풀밭에서 들어오는 강렬한 햇빛이 '시간'을 주제로 한 이 수백 권의 서적에서 나오는 복잡한 광휘를 지워버렸다.

나는 그녀에 대해 아는 게 거의 없었다. 그녀 남편과의 개인적인 모든 면담에서(그가 스튜디오라고 부르는 내실에서 한 달에 한 번), 이 집에서 그리도 많은 오후를 보낸 아내에 대해 그는 단

한 번도 언급하지 않았다. 그녀는 지금쯤이면 이 집의 셀 수도 없이 많은 창문 하나하나를 통해 3000개의 다른 평원에서 오는 굴절된 햇빛을 보았을 것인데도.

내 후원인이, 저명한 평원인들이 일반적으로 그러하듯, 관습을 따른다는 것은 알았다. 즉, 그는 사적으로 작업한 모든 예술 작품에서 이름 없는 아내에게 에둘러 경의를 표하고 있었던 것이다. 그런데 내 후원인의 경우, 그 아내에 대한 암시가 보통의 경우보다 더 모호한 것 같았다. 그가 침묵을 지키는 가운데서도 발라드 시를 만들었더라면 내가 그 여인의 이야기를 아는 데 좀 더 수월했을 것이다. 평원의 발라드는 끝도 없이 표현을 바꾸고 일탈했다가도 몇 개의 명백한 모티프로 돌아오고 또 돌아오기 때문이다. 또는 만일 그가 할아버지가 남긴 거대한 베틀을 그대로 놓아둔 방에 자주 갔다면, 나는 그가 어떤 식으로 아내와 자신을 위해 배경을 구상하고 그의 아내가 어떤 모습으로 등장하는지 볼 수 있었을 것이다. 평원에서 직조하는 이들은 한 번도 볼 수 없었을 배경 속에 여성 인물을 숨기는 척만 하기 때문이다. 그러나 그녀가 평원의 한결같은 빛과 '시간'에 대한 서적이 뿜어내는 다양한 빛깔의 광휘 속에 서 있을 때 어떤 몽상을 했을지 해석할 수 있을 유일한 남자인 내 후원인은 그저 초록 유약을 바른 벽화들과 모호하게 자리한 작은 인물상들 외에는 어떤 예술품도 만들지 않았다. 나는 늦은 밤 그가 우연히 한 말들에서 그 과묵하고 수수께

끼 같은 작품들을 통해 그가 어떤 의미의 확장을 의도했다는 것을 알았다. 그리고 평원인은 일반적으로 모든 예술을, 풍경 속에서 진행되는, 예술가 본인조차 거의 이해하지 못한 어떤 거대한 과정의 아주 작은 시각적 증거로 간주한다는 것을 알았다. 그래서 그들은 가장 난해한 불통의 작품도 가장 순수한 작품도 대단히 열린 마음으로 마주하며, 끝없이 펼쳐지는 당황스러운 풍경으로 기꺼이 들어갈 준비를 한다. 그럼에도 나는 이 저택의 벽들에 둘러싸인 조용한 안뜰에 서 있었다. 내 시선을 앗아 갈 평원도 보이지 않는 이곳에서 나는 내 뒤편 구름이 얼마나 짙고 옅은지에 따라 내 앞에 있는 초록빛이 감도는 벽에 미치는 영향이 어떻게 달라지는지 바라보았다. 때로는 한없이 깊어 보이는 착각이 들었고, 때로는 지평선을 알려주는 어떤 것도 없어 보였다. 그리고 나는 시종, 이 불확실한 장소에서 주제로 보일 만한 것은 무엇이든 찾아보았다. 금이 간 곳과 손가락 자국을 그 시작 지점까지 따라가기, 이는 왔다 가며 늘 변화하는 풍경 속에서 흔들리면서도 끈질기게 버티는 이런저런 인간 성향을 보여줄 수도 있었다. 서로 다른 질감들이 교대로 우위를 점하는 강렬한 대조의 게임을 알아차리기. 또는 사적인 풍경에 대한 한 예술가의 독특한 인식으로 보였던 것에 대해, 다른 관점에서 보자면, 다른 예술가가 다른 땅으로 보았을 법한 흩어진 흔적들을 그 예술가는 보지 못했다는 판단을 내리기 등.

그러나 나는 이 남자와 그의 아내가 각자 따로 떨어진 지점에 서서 보낸 세월에 대해선 상상만 할 수 있을 뿐이다. (아내는 도서관의 서쪽 창문 가까이 그녀가 거의 읽지 않는 다채로운 책들로 수놓은 듯한 벽과, 태양으로부터 또다시 묵직하게 등을 돌리는, 그 의미는 여전히 헤아릴 수 없는 평원 사이에 있었고, 남편은 벽으로 둘러싸인 안뜰에서 온종일 평원의 풍경을 가리는 거미줄 걸린 몇 개 되지 않는 창문을 등진 채로 채색한 점토에 고개를 가까이 숙이고 오로지 그가 겪어낸 세월만이 드러낼 수 있는 무언가를 들여다보고 있었다.) 그리고 두 사람은 오랫동안 말이란 형태로 표현하길 포기했고 그래서 아직 실현되지 못했지만 그래도 어떤 가능성이 있다고 인정하며 서로에게서 말의 형태로 들을 시간이 있을 것처럼 행동했다.

그런데 아내가 '시간' 관련 책들이 있는 방에서 좀 더 걸어가, 군소 철학자들의 저서들 가운데 있는 작은 남향 구역에 앉아 책을 읽는 날들도 있었다. ('다른 호주'에서 이렇게 멀리 나와 있지만 나는 때로 그곳에서는 무엇을 철학이라 설명했었는지 떠올려보곤 한다. 거의 매일 이곳의 내 책상에서 시작해 익숙지 않은 통로를 걷다 보면 나는 철학에 배정된 공간과 구역에서 내가 태어난 곳에서는 결코 철학으로 부르지 않았을 책들을 발견하고는 흐뭇해하며 놀라곤 한다.) 그녀가 읽은 책들은 다른 지역 호주였다면 아마도 소설로 불리기 쉬웠겠지만, 그곳에서는 출판사나 독자를 찾기 어려웠으리라 생각한다. 하지만 평원에서는 그런 책들도 도덕철학의 한 지류로서 상당한 존경을 받고 있다. 그런 책의 저자들은 편의상 평원인의 영혼이라 불리는 것에 관심을 갖고 있다. 그들은 이 용어에 해당하는 실체의 본질에 대해서는 전혀 언급하지 않은 채 이 문제를 인정받은 전문가에게, 즉 가장 난해한 시의 비평가들에게 맡긴다. 그러고는 그 영혼의 명백한 효과에 대해서만 세세하게 묘사한다. 이들 학자는 자신의 경험에서 (그리고 서로의 경험에서 — 이들은 대단히 밀접하고 거의 배타적인 무리여서 동료와 경쟁자의 누이와 딸과 결혼하고 자식들도 이 까다로운 직업으로 유도한다) 후회, 미실현, 결핍 등의 상태를 분리한다. 그리고 이러한 상태를 분석해서 결국 실현되지 못하는 것들을 약속한 더 앞선 단계가 있었는지 증거를 발견하고자 한다. 일반적으로 쉬이 사라지는 것의 옹호자라 불리기도 하는 이들은 실제로는 이 앞선 단계의 경험이 다가올 미래의 만족이나 흡족함을 더 크게 만들지는 않는다는 결론을 내렸다. 그렇다고 해서 이 저자들이 나중의 경험은 가치가 없다고, 평원인은 훗날 위로에 대한 기대를 버려야 한다고, 지속적인 기쁨은 없다고 주장하는 것은 아니다. 대신 그들은 인간사에서 반복되는 패턴을 강조했다. 즉, 영원한 선(善)에 대한 약속을 지각하던 순간은 일시적이어서 사라지고, 그 선은 선을 기대하지도, 선으로 인식하지도 않는 누군가의 삶에 나타난다는 것이다. 그들은 이에 대한 적절한 반응은 그 모든 실망의 강렬함을 포용하는 것이라 한다. 마땅한 행복을 빼앗겼다는 감정을 가져서는 안 되는데, 즐거움을 예단하지 않고 계속 산다면 즐거움을 더욱 선명하게 느끼게 될 것이기 때문이다.

그때 나는 추론해보았다, 그녀가 오후마다 앉아서 예전에 한 특별한 평원에서 보았던 어느 남편과 아내가 어떻게 되었을까 궁금해하다가, 자신이 언제가 그들에게 또는 그들의 독특한 풍경에 다가가리라 생각했던 것이 실수였노라는 결론에 도달했다고. 그녀를 둘러싼 모든 평원과 그녀가 오로지 상상만 했던 한 평원을 연결할 문장들을 말하거나 들을 수 있으리라 한때 기대했으나 침묵하는 그 방들과 텅 빈 통로를 지나쳐 그녀가 소위 사라지는 것의 철학자들의 신랄한 위로가 있는 방, 그 창문 없는 구석으로 갈 때면 언제나 나는 그녀가 이미 그 철학자들의 교리에 설득당한 것이라 짐작했다. 그렇다면 내가 그녀를 은밀히 지켜보는 동안 그녀는 자신의 현재 상황과 어떤 다른 여인이 차지하게 된 어떤 저택과 광대한 영지 사이의 간극을 생각하는 것이 아니라, 자신이 아직은 들어가지 못한 드넓은 어느 평원을 사색하고 있는 것이다. 그 학파의 사상가들은 어떤 가능성을 품은 후 그것이 언젠가 소박하게나마 실현될 수 있는가 따위의 질문은 하지 않기 때문이다. 그들은 가능성은 그 자체로 중요하며, 얼마나 확장되고 얼마나 오래 지속될 수 있는가에 따라 그 가능성을 높이 평가한다. 우리가 부주의한 언사로 현실이라 부르는 것은 실은 우연한 시각과 청각의 배합일 뿐이므로 이것을 넘어 오래 지속되는 가능성이 진정한 가치를 지닌다는 것이다. 심지어 소수의 평원인은 그러한 현실에서의 실현은 모든 가능성의 소멸이라고도 말한다.

따라서 그녀는, 예기치 않은 평원 가운데서 아직도 자신을 설명하지 않은 한 남자와 그렇게 오랜 세월을 산 것의 큰 장점은 뜻밖의 평원에서 앞으로도 결코 자신을 설명하지 않을 남자와 반평생을 지낼 또 다른 여인의 존재, 그 있음 직하지 않은 가능성을 상상하게 해준다는 것이라 여겼을지 모른다.

그런데 평원의 철학은 내가 한때 소설의 주제라고 생각했던 것을 상당히 많이 포함하는데, 아마도 후원인의 아내는 오래전에 나보다 앞서 나는 그저 흘깃 보기만 했던 그 관련 논문들을 읽어보았을 것이다. 내가 '시간, 닿을 수 없는 평원'에 대한 두툼하지만 주변적인 연구 결과물 속에서 주석에서 주석으로 가지를 뻗어나가던 시기였다. (이런 주제의 논문들은, 삶에서 아주 짧은 순간 머물다 지나갔지만 아주 중요한 일로 묘사된 사건에 대한 장황한 이야기다.) 그녀는 분명 한 남자와 여자에 대한 이야기들 중 적어도 하나는 읽었으리라 생각한다. 단 한 번 만난 후, 서로 주고받은 단정한 표정과 말에서 아주 많은 것이 약속되었기에 다시는 만나서는 안 된다는 것을 받아들인 남자와 여자의 이야기를. 그리고 그 남녀의 훗날 생애 이야기를 따라가면서 그녀는 이 집에서 보낸 그녀의 세월이 자신의 이야기에서는 거의 미미한 부분임을 이해했을 것이다. 깨어지지 않는 침묵의 오후, 잠시 부드럽게 빛나고 사라지는 황혼, 그녀가 희망을 잃지 않았던 무언가를 평원에 되돌려주는 아침까지, 이 모든 것은 펼쳐질 수도 있었던 가능성의 삶에 대한 아주 작은 힌트들이었다. 오래전 그녀와 젊은 청년이 말없이 주고받던 교감 속에 등장한 수없이 많은 풍경, 처음에 그녀에게 약속했던 이 평원이 아닌, 청년이 데리고 갈 수도 있었을 그런 풍경에 대한 힌트이기도 했다. 그런 공감이 우리 둘 사이에 커가는 듯했기에(우리는 말을 나눈 적이 없었지만, 심지어 한 사람이 고개를 들고 도서관 저편을 보면 다른 사람은 늘 글이 쓰인 페이지나 글을 기다리는 페이지로 시선을 돌리곤 했다) 나는 그녀가 이곳에서 보낸 세월이 가치 있는 것이라 믿기를 바랐다. 그녀가 좋아하는 작가들이 아무런 성과에 이르지 못한 삶에도 모두 가치를 부여했듯이 말이다. 그녀가 선호하는 것으로 보이는 그 작가들은 역사를 생각 없는 발언과 행동으로 가득한 공허한 쇼라 보았고, 이 쇼가 유지되는 것은 부분적으로는 안전하게 예측 가능한 것에 집착하는 사람들의 사소한 기대를 충족할 수 있어서지만, 주된 이유는 지각력 있는 이들이 결코 일어날 수 없는 일을 예견할 수 있는 시야를 제공하기 위해서이다. 그들 철학자 몇몇은 심지어 여인의 불안정한 세월이, 상상할 수 있는 모든 결과 가운데서도, 젊은 여성과 남성이 다시는 서로 보지 못하리라 생각한 순간에 가장 적절하게 이어지는 유일한 결말이라고 주장할 것이다. 그 학자들에게(그들의 저서는 외딴 서가에 놓여 잘 보이지도 않지만, 그녀가 이 도서관에서 보낸 세월이 많기에 한 번쯤은 보았을 수 있다) 인생은 그런 특별한 순간이 뒤이어지는 모든 순간과 완전히 다른 종류의 것임을 증명할 기회 그 이상도 그 이하도 아니며, 그런 순간이 더 소중한 것은 아무 일도 일어나지 않고 이어지는 세월이 그런 순간의 특별함을 증명하기 때문이다.

물론 우리는 다른 시간에 다른 방에서 마주쳤을 때 정중한 말 몇 마디는 주고받았다. 그러나 도서관 저 멀리 한쪽에 있는 그녀를 보면서 나는 다가갈 수 없다는 느낌을 받았다. 오랫동안 나는 그런 환경에서 말로 표현할 경우 내 생각이 미미해 보일 것 같아 위축되어 있었다. 주변 책에 담긴 어떤 명제에 대해 다루는 것이 아니라면 말할 권리가 없다고 나는 믿었다. 그 공간에서 지속하는 침묵은 마치 연설자가 자신의 주장을 끝까지 펼친 후 도도하게 첫 질문을 기다릴 때 허용하는 정지의 시간처럼 들렸다. 그런데 이곳은 연설자가 막대하게 많고, 수십 년 동안 깨어지지 않고 그 침묵이 이어졌기에 긴장이 가중되고 있었다.

그렇게 몇 달이 지나고 그녀는 거의 매일 오후 도서관에 와서 나와 **시간**이라는 표제가 붙은 서가들 사이에 앉았고, 나는 갈수록 그녀에게 무언가 말을 해야겠다는 생각이 강해졌다. 우리가 나누었을지도 모를 그 모든 이야기 덩어리가 펼쳐보지 않은 책

더미가 되어 우리 사이에 놓인 느낌이었고, 그것은 우리 위로 버티고 선 실제 책꽂이들만큼이나 버거웠다. 아마도 그래서 내가 이런 계획을 세우게 된 것 같았다. 〈내륙〉의 예비 메모를 끝내자마자, 그리고 영화 대본을 본격적으로 시작하기 전에 나는 짧은 작품 하나를 쓰기로 했다. 아마도 에세이집이 될 터인데, 그것이 그녀와 나 사이의 문제를 해결해줄 것이다. 우리 후원인의 후원을 받는 전문가들의 진행 중인 또는 부수적인 저작물을 위해 이따금 이용하는 출판사에서 조용하게 출간할 것이다. 그리고 이곳의 사서들이 그 책 한 부를 그녀가 오후를 보내는 서가에 꽂을 수 있도록 표면상의 주제를 정할 생각이다.

이 정도까지는 내 계획이 제대로 진행될 것 같았다. 유일하게 불확실한 것은 마지막 단계였는데, 그녀가 살아생전 내 책을 펼쳐볼 수 있게 할 확실한 방법이 없다는 점이었다. 이 집에서 5년이나 10년 정도 지낼 생각이고, 그동안 매일 오후 그녀를 보게 될지도 모르겠으나, 나의 침묵을 설명할 수 있을 그 글에 그녀가 조금이라도 가까이 가는 것은 보지 못할 수도 있었다.

그러나 나는 그녀가 내 글을 전혀 읽지 않을 확률에 대해 오랫동안 고민하지는 않게 되었다. 만일 우리 두 사람 사이에 일어난 모든 것이 오로지 가능성의 집합체로만 존재한다면, 내 목표는 나에 대한 그녀의 사색 범위를 더 확대하는 것이어야 했다. 그녀는 구체적인 정보가 아닌, 나를 간신히 구분할 수 있을 정도의 사

114

실만을 얻을 수 있어야 한다. 간단히 말해, 그녀는 내 글을 한 줄도 읽어서는 안 되고, 그저 내가 그녀가 읽을 수도 있을 무언가를 썼다는 사실만 알아야 한다.

그래서 나는 잠깐 또 다른 계획을 생각했는데, 책을 쓰고 출간은 하지만 소량의 책을 비평가들에게만 보내고(각 비평가에게서 책을 다른 이들에게 회람시키지 않겠다는 서면 약속을 받은 후에만 진행한다) 단 한 부만 이 도서관에 비치한다. 책이 처음으로 서가에 꽂히는 날, 도서 목록에 제대로 수록되었는지 확인 후 조용히 그 책을 꺼내 내가 보관할 것이다.

그런데 이 계획에 대한 만족도 오래가지 못했다. 내 책이 단한 권이라도 남아서 존재하는 한, 서로에 대한 우리의 공감은 제한을 받을 것이다. 더 나쁜 점은 (나는 우리의 관계가 시간과 공간이라는 평범한 개념의 제약에서 벗어나길 원하므로) 우리가 죽고 나면 그녀가 생전에 내 책을 발견하지도 열어보지도 않았다는 것을 아무도 확인할 수 없다는 점이었다. 그래서 책을 한 부만—이곳 사서에게—발간한 후 도서 목록에 입력이 되자마자 꺼내어 없애버릴 생각을 했다. 그러나 미래의 누군가가 여전히 책 한 부가 존재하며 (또는 한때 존재했으며) 책의 목적이었던 이 여인이 최소한 눈길이라도 주었다고 상상할 수도 있는 문제였다.

나는 다시 한번 내 계획을 수정했다. 이곳 도서 목록 어디엔가는 이 도서관은 소장한 적이 없지만 평원 대저택들의 개인 소장 목록에 들어간 중요한 책들의 목록이 있었다. 나는 인쇄된 내 책 모두를 내가 갖고, 내 책 한 부가 가상의 어느 지역 가공의 도서관에 소장되어 있다고 그 개인 소장 목록에 입력할 것이다.

그런데 이즈음 되자 나는 왜 저 여인은 자신의 입장을 내게 설명할 책을 쓰지 않았는지 자문하기 시작했다. 그 책이 있는지 찾아보는 일이 나는 내키지 않았고, 그래서 마침내 나는 나 자신을 설득해 책을 아예 쓰지도 않고, 책을 썼다거나 쓸 생각이라는 것조차 드러내지 않기로 했다.

이런 결정을 내린 후 나는 여인과 내가 도서관 각자의 구역에서 서로를 불편하게 하는 일 없이 떠날 수 있기를 바랐다. 그리고 우리가 젊은 남녀로 만났더라면 결혼을 하고, 그런 두 사람이 반평생에 알 수 있을 것을 서로에게서 알아갔을 가능성이 있었다고 확신했다. 그러나 곧 나는 이것에서 (아마도 모든 가능성에서 그러하듯) 불만의 근원을 발견했다. 우리 두 사람을 남편과 아내로 아주 어렴풋하게라도 생각했을 때, 그 두 사람은 그들의 현실과 평행하는 또 다른 하나의 세계의 가능성 없이는 존재할 수 없다는 것을 인정해야 했다. 그리고 그 있음 직한 세계에는 도서관의 다른 구역에 각자 말없이 앉은 부부가 있었다. 우리는 서로에 대해 아는 게 거의 없었고, 우리를 둘러싼 세계의 평정을 깨뜨리지 않고는 지금 일어나고 있는 일을 다른 방식으로 상상할 수 없었다. 다른 상황 속의 우리를 생각하는 일은 우리 자신이었을 사람들에 대한 배신이 될 것이다.

나는 얼마 전 이런 이해에 이르게 되었다. 그때 이후 나는 '시간'을 설명하려는 저작들이 계속 늘어가면서 복잡해지는 그 방들을 피하려 노력했다. 그러나 때로 도서관의 그 근처를 지나다 보면 최근 재배치된 서가들 때문에 길을 우회하게 되고 예전에 그 여인을 바라보던 방을 지나게 된다. 그녀는 내가 기억하는 것보다 더 멀리 앉아 있고, 이미 바뀐 서가와 칸막이 구조가 그녀와 나를 갈라놓는 길을 만들고 있었다. 그 길이 처음으로, 불가피하게, 책의 벽들 사이로 난 미로가 되면서, 도서관의 이쪽 부분은 그 한가운데 조용히 서 있는 책들에서 묘사된 '시간'의 특성인 그 거미줄 같은 패턴의 시각적 구현이 된다.

그녀가 책이 많은 서가에 아주 가까이 있어 책 표지들의 여러 겹 부드러운 광휘에 그 창백한 얼굴이 순간순간 물드는 것을 가끔 바라보며 나는 기쁨을 느끼는 것 같다. 그러나 나는 '시간'에 주어진 장소에 있는 내 모습을 보이고 싶지는 않다, 내게 일어났을 수도 있었던 그 모든 가능성에 대한 나의 관점이 아무리 평원인의 관점과 가까워졌다고 해도. 어쩌면 비합리적일지도 모르지만, 나는 거의 내게 일어날 뻔했던 일의 이미지에 나 자신이 현혹되는 것이 두렵다. 진짜 평원인과 달리 나는 나일 수도 있을 남자들이 살았던 다른 삶을 너무 가까이서 들여다보는 것을 좋아하지 않는다. (분명 이런 두려움이 나를 이 평원으로 데려온 것이다. 내가 그런 가능성을 염려하지 않아도 되는 곳으로.) 이 도서관의 수없이 많은 책은 대단히 사변적 산문으로 가득하다. 장(章)을 거듭할수록 괄호들이 나타나고, 실제 얼마 되지 않는 몇 문장이 온통해석과 주석에 둘러싸여 있어, 나는 별로 유명하지 않은 어느 평원인의 평범한 에세이에서 평원에 대해 끊임없이 사색하면서도절대 발을 들여놓지 않는 나 같은 남자를 묘사하는 탐색적인 단락을 발견하게 될까 두렵다.

그래서 요즘 나는 '시간' 자체가 또 하나의 평원으로 묘사되는 책은 피한다. '시간, 보이지 않는 평원' 속에 있거나 또는 '시간, 닿을 수 없는 평원'에 다가가거나 또는 '시간, 길 없는 평원'에서 돌아오는 길을 찾거나 또는 심지어 '시간, 끝없는 평원'에둘러싸이는 등 길게 늘어선 그 도발적인 제목들 사이에 있는 내모습은 그 침묵하는 여인에게도 보이고 싶지 않다. 내가 마침내평원 사람들에게 나 자신을 설명해야 할 날이 오면 나는 '시간'에 대한 나만의 확고한 관점을 가진 사람으로 등장해야 한다. 나를 둘러싼 조명은 어둑할 것이다. 아마도 장소는 이 도서관에서아직 내가 가보지 않은 많은 방 중 어느 곳이 될 것이다. 그날 나의 청중이 건물 밖 평원에 대해 아는 것은 긴 오후가 왔다가 이미 갔다는 정도일 것이다. 그들은 미지의 시점에서 평원을 바라보는 한 남자에 관한 영화의 이미지에만 집중한다. 그들이 그 영화 장면에서 눈을 들어 영화를 제작한 남자를 쳐다보아도, 일렁이는 영화 화면의 색채에 희미한 빛을 받는 내 얼굴만 보일 것이다. 그들 모두에게 거의 친숙하지 않은 어느 '시간'에 관한 영화일 테다.

내 후원인의 아내에게 나 자신을 설명할 필요를 느끼지 않게 된 지금, 이제 나는 사람들이 '월례 황혼'이라 부르는 모임에서 가끔 내가 느끼는 의구심을 극복해야 한다. 이 짧고 우호적인 모임에 나를 불안하게 만들 의도를 가진 사람이 있다고는 믿지 않는다. 우리는 큰 응접실에, 주로 말없이, 앉아 있다. 그곳은 유일하게 평원이 보이지 않는 응접실이었다. 대신 창밖으로 높은 산울타리와 잘 다듬어 빽빽하게 심은 나무숲만 보였는데, 호의적이지 않은 숲이 어디까지 뻗어 있는지 알 수 없었고 인공적인 풍경이 시선을 끌고 있어 우리가 우리의 평원과 분리되었다는, 어쨌든 그 상상할 수 없는 일이 결국 일어났다는 암시 때문에 더 자유롭고 더 사색적인 사고를 할 수 있는 분위기였다. 그리고 내 후원인이 실내가 상당히 어두워졌다고 판단하면(하인이 관습에 따라, 가장 가까이 있는 손님의 손에 건네는 작은 풍경화 액자가 보이지 않을 때), 우리는 어떤 형식적인 절차 없이 그냥 자리에서 일어나 떠난다. 하지만 모임의 정신에 따라서 우리는 생각에 잠긴다, 만일 누군가 그 희미해지는 어둠의 시간 동안 자신을 드러냈더라면 우리가 무엇을 배울 수 있었을지에 대해.

그 황혼 모임에서 내가 의구심을 품게 되는 것이 어찌 참석자들이 나누는 몇 마디 말 때문이겠는가? 그들은 모두 세심하게 주의를 기울여 지극히 예상 가능한 말—아주 짧고 아주 진부한 언급—만을 할 뿐, 공식적인 초청을 수락하고 반나절이나 걸려 이곳에 왔음에도 중요한 얘기는 하지도 듣지도 않을 듯한 태도를 유지한다. 따라서 그 긴 침묵의 시간 동안 내 의구심은, 아직도 세상을 깜짝 놀라게 할 예술 작품 제작을 꿈꾸는 나 자신과 저 저명한 인사들을 비교하는 가운데 생겨난다.

내 후원인은 그의 황혼 모임에 평원에서 유명한 은둔자들도 초대한다. 그들에 대해 내가 무슨 얘기를 할 수 있겠는가, 그들은 성취로 묘사될 수 있는 것은 아무것도 말하지 않고 아무런 행동도 하지 않는데? '은둔자'라는 용어 자체도 적절하지 않은 것이, 그들 대부분은 고집스럽게 냉담한 거리를 두어 이목을 끌기보다는 초대를 수락하고 손님도 받아들이고 있었기 때문이다. 일부러 추레한 옷차림을 한다거나 무례한 태도를 보이지도 않았다. 내가 만난 사람 중 유일하게 괴짜 같은 행동을 하는 이는 해마다 봄이 시작될 무렵 하인 한 사람과 일주일 동안 평원을 건너갔다 돌아오는 여행을 했다. 그는 차 뒷자리에 검은 커튼을 빙 둘러치고 절대 열지 않았으며 여행 중 들르는 어느 마을에서도 호텔 방에서 나오는 법이 없었다.

이들은 특별할 것 없는 집, 소박한 가구가 놓인 뒷방에서 사람들 눈에 띄지 않고 야심에 흔들리는 법 없이 살아가는 것을 선호하지만 굳이 그것을 말로 설명하거나 글로 쓰는 사람은 없으므로, 나로서는 그저 그들은 평원이 많은 평원인이 생각하는 것과 다름을 증명하는 데에 조용히 헌신하고 있음을 느꼈다는 말만 할 수 있겠다. 평원은, 그러니까, 무대에 오르는 사건들에 그저 의미를 더해주는 거대한 극장이 아니다. 또 온갖 종류의 탐험가를 위한 광활한 벌판도 아니다. 평원은 인간이 자신의 의미를 스스로 만들어야 한다는 것을 아는 이들에게 유용한 은유의 원천일 뿐이다.

저물녘 이들 사이에 앉아, 나는 그들의 침묵이 주장하는 것이 세상은 단순한 풍경이 아니라는 사실임을 이해한다. 내가 보아온 것 중에 과연 예술에 어울리는 주제가 있었는지 생각에 잠긴다. 진실로 통찰력 있는 사람은 평원으로부터 고개를 돌리는 사람인 듯하다. 그런데 다음 날 아침 해가 뜨면 나의 의구심은 흩어지고, 지평선이 너무 눈부셔 더는 바라볼 수 없는 순간, 나는 어떤 것이 보이지 않는 것은 그것이 너무나 밝게 빛나고 있기 때문임을 깨닫는다.

아니다, (다시 이 메모의 주제로 돌아가서) 평원 사람들이 내가 보여줄 것을 일종의 역사라고 오해할 가능성은 없다. 내가 탐험의 서사라고 생각하는 것, 즉 내가 처음에 어떻게 평원이 존재한다는 것을 추측했는지, 내가 어떻게 이곳을 찾아왔는지, 내가 어떻게 이 지역에 대해 알아가며 내가 영화 제작자임을 알렸는지, 그리고 내가 어떻게 한때 불가능할 정도로 외진 곳이었던 이 지역까지 더 들어오게 되었는지 그 이야기를 보여주어도, 나의 관객은 연속적 사건 사이에 존재하는 진정한 연결 고리를 보는 일에 익숙하기에 나의 진실한 의도 역시 볼 수 있을 것이다.

아니다, 어리석어 보일지 모르겠지만, 나의 가장 큰 어려움—영화 작업 시작 전 추가로 할 메모의 주제가 될 수도 있다—은 그 젊은 여성의 이미지가 수천 킬로미터의 평원보다 더 큰 의미를 지녀야 하는데, 막상 그녀는 내가 원하는 것을 결코 이해하지 못할 수도 있다는 것이다.

이 도서관의 그 많은 방에 있는 그 많은 창문 중 딱 한 군데서 가끔 내 후원인의 큰딸이 그 많은 온실 중 가장 가까운 온실 근처 오솔길에 있는 모습이 보인다. (조만간 평원 어디에서나 자라는 토종 수목들이 있는 정원의 바람 부는 평지가 아닌, 저런 유리 온실들 사이 습한 길을 더 좋아하는 그녀의 성향을 살펴봐야겠다.) 그녀는 어린아이를 막 벗어난 정도 나이이고, 그래서 나는 이렇게 먼 거리에 떨어져 있을지라도 그녀를 지켜보는 모습이 눈에 띄지 않도록 조심해야 한다. (그녀가 들어가서 오랜 시간을 서 있곤 하는 온실이 하나 있다. 도서관 어딘가 내가 아직 모르는 곳에 내가 원하는 만큼 그녀를 관찰할 수 있는 창문이 있을 것이다. 그녀가 평원에서 자라기 적합하지 않은 어떤 꽃을 바라보다 고개를 돌려 위를 쳐다보더라도, 내가 보이지 않을 것은 확실하다. 그녀를 둘러싼 색유리에 그 이국적인 식물과 그녀의 흰 얼굴이 반사되어 그녀의 시선은 내가 서 있는 어둑한 창까지 미치지는 못한다) 그렇긴 하지만, 나는 내 평원 연구 일부를 그녀의 가정교사들에게 제공해달라고 그 아버지를 설득하려 노력했다. 나는 장녀인 그녀가 응접실에 들어오는 것이 허락되는 몇몇 공식 행사에서 그저 멀찍이 서 있던 이 남자에게, 그리고 이 남자의 작품이라는, 전혀 알려지지 않은 평원을 이해하는 방법에도 호기심을 갖게 하고 싶다. 그러나 내 후원인은 딱 한 번 그녀의 수석 가정교사에게 내 연구 결과와 아직 준비 중인 프로젝트의 간략한 설명을 전달하도록 허락했을 뿐이다.

그로부터 몇 달이나 지났지만, 내가 답으로 받은 것은 평원 지역들에 대한 인상을 담은 내 작업물에 그 소녀가 쓴 일련의 비평 중 짧은 발췌문 하나뿐이었다. 나에 대한 아주 간단한 언급이 있는 것을 놓치지 않고 보았으나(아주 단정한 손 글씨였다) 내게 어떤 격려도 되지 않았다. 만일 그녀가 내 목표의 구체적인 어떤 사항을 오해했더라면, 오히려 더 명확한 설명을 준비할 수 있었을 것이다. 그러나 그녀는 그녀의 집에 내가 있는 이유조차 모르는 듯했다. 여기에서 그녀가 내게 품은 환상적인 이미지를 검토할 필요는 없다. 나에 대한 그녀의 얼마 되지 않는 기대도, 만일 내가 평원에 머무는 것에 대한 긴 이야기는 제쳐두고 그저 나를 저 멀고 먼 외곽 호주에서 온 호기심 많은 여행자로 소개한다면, 전혀 채워지지 않을 것이란 사실만 기록하고 넘어가겠다.

셋

나는 계속 도서관에서 지냈다, 비록 늘 내가 필요로 했던 안전한 피난처는 아니었지만. 인정하건대, 내 후원인이 저녁에 나를 귀찮게 하는 일은 드물었다. 도서관의 모든 방과 통로에 램프를 환하게 밝혀놓고 밤새도록 아직 살펴보지 않은 책들 사이를 돌아다녔어도 방해받는 일은 전혀 없었을 것이다. 그러나 나는 낮에 일하는 것이 더 좋았다. 한쪽으로는 높은 창문들이 있고, 다른 쪽으로는 다양한 색깔의 책들이 줄지어 있으면 나 자신이 두 가지 거대함 사이에서 차분히 균형을 잡고 있다는 생각이 들었기 때문이다.

　그때 내가 대면한 그 두 거대함은 처음보다 더욱더 두렵게 보였다. 블라인드와 커튼이 열려 있으면, 많은 창문 밖으로 내가 언덕이라고밖에 표현할 수 없는 것들, 기슭과 습곡, 그 사이 가장 깊은 계곡을 가득 채운 빽빽한 우듬지가 보였다. 이 집 사람들은 언덕에 대한 내 관심에 의아해했다. 아무도 언덕을 일종의 랜드마크라고 생각하지 않았다. 그 언덕들 전체는 그 사이에서 발원한 다섯 개의 시내의 이름을 따라 명명되었고, 내가 그 풍경이 평원에서 독특해 보인다고 하자, 이곳에서는 자신들이 잘 아는 광활한 평원에 집중하며 그 사이에 끼어 있는 것들은 개의치 않는다는 사실을 상기시켜주었다. 내가 연구할 가치가 있다고 판단했던 독특한 지역을 제대로 들여다보면 그것은 그저 평원 일부분에 지나지 않았던 것이다. 그리고 또 다른 거대함인, 책으로 가득한 이 방에서 나는 혼란스러운 것을 많이 발견했다. 나는 평원에 관련된 글을 충분히 알고 있어, 어느 도서관에 가더라도 내 평생의 작업과 가장 가까운 주제들을 수월하게 찾아갈 수 있다고 생각했었다. 그러나 그 미로 같은 많은 방과 별관에서는 내가 마침내 익숙해졌다고 생각했던 분류 체계가 명백히 무시되었다는 것을 알 수 있었다. 그 거대한 장서의 주인과 입주 사서들, 원고 관리인들 등이 합의한 분류 체계로 뒤섞인 책들은 내가 알았던 평원의 어떤 전통과도 연결되지 않았다. 어느 오후, 한편으로는 내 창문과 그 유명한 지평선 사이를 가로막는 당혹스러운 언덕 능선을 인지하며, 또 다른 한편으로는 예측 불가한 순서로 이어지는 책 제목 사이에서 모호한 구분을 인식하며, 나는 지금까지의 내 조사 전부가 평원의 기만적인 표면만 그저 훑었던 것은 아닌가 의문이 들었다.

때로 이런 의구심에 너무 오랫동안 시달렸고 그래서 나는 내 후원인이 또 다른 그의 '장면들'에 곧 초대해주길 바라게 되었다. 저택 입주 초기 시절엔 피곤하고 귀찮게 여기던 것임에도 말이다.

이 커다란 저택에서 몇 주 동안 누구와도 말을 하지 않고 지낼 때가 있었다. 나는 앉아서 읽고 쓰려고 노력하며 내가 참여할 수밖에 없을, 보이지 않는 이벤트라고 명명할 수밖에 없는 어떤 것의 분명한 신호를 기다리고 있었다. 그러다, 이어지던 좋은 날씨가 끝나가던 아침, 온종일 다가올 폭풍의 탁함으로 하늘 가장자리가 물들던 시간, 짓누르는 공기 속 변화의 약속처럼 내 계시가 내 주변에 똬리 틀고 있을 오후를 기대하고 있었는지도 모르겠다. 그리고 그때 내가 '장면'에 필요하다는 메시지가 왔다.

나는 한때 이 '장면'이라는 단어가 그 시절 이 가족과 후원인의 수행원들이 사용하는 많은 독특한 어휘 중 가장 부적합한 것이라 생각했었다. 처음에는 가족들이 그들의 땅, 머나먼 어느 이름 없는 장소로 나가는 세련된 당일 소풍을 묘사하면서 여러 평범한 어휘 대신 일시적으로 사용한 단어라고 여겼다. 나는 다른 큰 가문들과도 그런 소풍에 나간 적이 있었고, 특히 그런 날 대부분 시간을 창문 없는 거대한 텐트 안에 머무는 그들 관습을 즐겼었다. 그들은 텐트 안에서 조용하면서도 줄기차게 술을 마셨고, 그럴 때면 투박한 텐트 바깥 면에 풀잎 스치는 소리가 들려왔는데, 그런 풀들이 물결치는 드넓은 평원에서 자신들이 있는 곳이 어디쯤인지 모른 척하곤 했다. (그중 어떤 이들은 모르는 척하는 게 아니기도 했다. 그들이 이미 아침 식사를 하면서 술을 마시는 동안 자동차와 밴에 짐이 실리고, 여자들은 그 시절 늘 스타일에 맞게 격식 있는 옷차림으로 닫힌 문 뒤로 멀찌감치 떨어져 있었다. 그리고 또 어떤 이들은 예전 그들이 자리 잡은 적 있던 수천 곳의 비슷한 장소 중에서 그곳이 어디인지 짐작할 수 있었겠으나, 집으로 돌아오는 긴 여정 내내 여전히 꼿꼿이 몸을 세우고 옷을 갖춰 입은 채 술 취한 잠에 빠져 있었으며 다음 날이 되면 아무것도 기억하지 못했다.)

그런데 이윽고 나는 후원인이 '장면'이란 용어를 쓰는 것에는 이 단어를 자기 지역 방언 일부로 정착시키려는 진지한 시도 그 이상의 무엇이 있음을 알게 되었다. 그는 오후 내내 손님 무리에서 남녀를 모아 그가 선택하는 이런저런 포즈와 태도를 취하게 한 후 사진을 찍었다. 카메라는 그가 자동차의 넓은 트렁크에 늘 가지고 다니는 대여섯 개 카메라 중 급하게 집어 든 단순하고 오래된 모델이었다. 필름은 흑백이었는데, 대지주의 돈도 되지 않는 일시적인 취미에 맞춰주는, 멀리 떨어진 마을의 어느 가게 주인에게서 사서 쌓아놓은 것이었다. 끈기 있게 연출한 이 사진들의 인화물은 굳이 살펴본 소수의 사람도 후에 그다지 호의적으로 묘사하지 않았다.

후원인은 마지못해 사진의 피사체가 되어주는 이들 사이를 거닐며 걸음을 멈추고 손에 든 술을 한 모금 마시기도 하고 재킷에서 삐져나온 휘갈긴 메모지를 들여다보기도 했다. 그러다 내게 소위 사진 예술이라 하는 것을 전혀 좋아하지 않는다고 털어놓았다. 그는 카메라 결과물에 대해 허세가 담긴 주장을 하는 이들을 비판하며, 카메라라는 영리한 장난감과 인간 눈이 겉보기에는 유사하기 때문에 그들이 터무니없는 오류에 빠졌다고 주장했다. 말하자면 그들은 인화된 사진이 자신과 별개로 자신에게 보인 모습을, 즉 그들 말을 빌리면 '보이는 세계'를 담아냈다고 믿는다. 그러나 그들은 그 세계가 어디에 있는지는 고려한 적이 없다. 그들은 그 종잇조각을 애지중지하며 거기 포착된 듯 보이는 자국과 얼룩에 감탄한다. 그러나 그러는 동안 한낮의 햇빛이 그들이 보았던 모든 것으로부터 거대한 물결처럼 물러나며 그들 얼굴의 구멍들을 통해 깊은 어두움 속으로 쏟아져 들어가는 것을 알았을까? 그 보이는 세계라는 것이 어디엔가 있다면, 그것은 어둠 속 어딘가, 보이지 않는 것이라는 무한한 바다에 둘러싸인 하나의 섬일 것이다.

후원인이 그런 얘기를 내게 한 것은 맑은 정신이었을 때였다. 그러나 '장면'에서 그는 정신을 잃을 정도까지 꾸준히 술을 마시고 그 허술한 카메라로 평원의 큼직한 빛줄기들을 잡아내며 그 자신을 조롱하는 듯 보였다. 처음부터 나는 그러한 '장면'은 하루 내내 맑은 날에는 계획하지 않는다는 것을 알 수 있었다. 늘, 잎이 무성한 베란다와 넓은 진입로 위에 많은 사람이 모이는 날이면 저 내륙 쪽 하늘은 평소보다 흐렸다. 늦은 오후까지 햇빛이 끈질기게 남아 있어도 점차 거친 먹구름이 하늘을 잠식해왔다. 자신의 '장면'을 위해 그런 날을 선택한 후원인은 아직까지는 날씨가 차분하니 괜찮다고 가족과 손님들을 안심시켰다. 그러나 그러고 나서는 마치 그의 은밀한 목적을 이해할 사람은 나뿐이라는 듯이 나를 데리고 한쪽 옆으로 가곤 했다.

"잠식해오는 어둠." 그는 그렇게 말하곤 했다, 이미 절반은 구름으로 뒤덮인 하늘을 가리키며. "평원처럼 거대하고 밝은 곳도 어느 방향에서든 어둠에 지워질 수 있네. 나는 지금 이 땅을 응시하고 있네만, 빛나는 이 땅 한 조각 한 조각이 나의 그 오랜 어둠 속으로 가라앉고 있어. 그런데 또 이 평원을 바라보고 있을지 모르는 다른 이들이 있지. 저 날씨는, 저것은 바로 이 순간 우리 눈에는 보이지 않는 모든 영역을 알려주는 신호일 뿐이야. 누군가 우리를 그리고 우리의 소중한 땅을 보고 있었어. 우리는 그들의 어두운 눈구멍으로 사라지고 있지만 우리는 그것을 인식조차 못 하고 있어. 그런데 이 게임은 우리도 할 수 있는 거야. 내게는 여전히 내 장난감이 있으니까, 내 카메라가 우리가 보는 것들을 보이지 않게 해줄 테니까." 그리고 그는 어색하게 그 카메라를 내게 가리키며 보지 못한 세계로 탐험을 떠나고 싶냐고 묻곤 했다.

이른 저녁, 폭풍이 머리 위로 덮치자, 텐트 안 음식과 술이 다시 차려진 식탁 주위 사람들은 아무 말 없이 가장 가까운 수평선들을 응시하고(커튼처럼 앞을 가리는 비에 수평선은 터무니없이 더 가까워 보였다), 나의 후원인은 카메라를 내려놓고 의자에 기댄채 저물어가는 햇빛을 등졌다. 그는 그 폭풍이, 평원을 건넜던 모든 폭풍과 마찬가지로 아주 잠시 머물 것임을, 구름 대부분은 밤이 오기 전 지나가고 하늘이 개면서 희미한 빛으로 물들 것임을 알았다. 그런데 그는 내게 팔을 뻗으며 마치 그가 알았던 평원이 영원히 사라져버린 것처럼 말을 하곤 했다.

"이 머리." 그때 그는 이렇게 중얼거린 적이 있었다. "그 많은 초상 사진의 피사체─면밀히 보게, 그러나 그 표면의 특징에서 무언가를 보려 하지 말고. 그래선 안 되네. 깊이 조사를 해. 우리 주변 거짓 평원인의 최악의 이론들을 반박할 수 있을 것을 살펴봐야 하네. 자네는 그들의 통찰력을 늘 지나치게 과대평가해왔어. 자네는 그들이 평원에서 살았기 때문에 자네가 여전히 찾으려 노력하는 그 신호를 그들이 알고 있을 거라 생각하지. 하지만 그들 중 가장 뛰어난 지각력을 갖춘 사람도, 거의 선지자처럼 보이는 사람도, 정확하게 그들의 평원이 어디인지 물어본 적이 없었네.

우리가 오후 내내 흥청망청 시간을 보낸 이 평원들을 자네가 봤다는 것, 그것조차 일종의 주목할 성과라고 인정하네. 그러나 속지 말게. 오늘 우리가 본 그 어떤 것도 어둠을 제외하고는 존재하지 않아.

날 보게. 내가 눈을 감고 있어. 곧 잠이 들 거야. 내가 의식이 없는 게 보이면 내 두개골에 구멍을 뚫어. 내 두개골을 깔끔하게 열어주게. 이렇게 술을 잔뜩 마셨으니 칼날 같은 건 느끼지 못할 거야. 맥이 뛰고 있을 그 창백한 뇌를 들여다보게. 칙칙한 색깔의 뇌엽들을 떼어내는 거야. 그리고 강력한 렌즈로 자세히 살펴봐. 그렇게 해도 평원을 알려줄 건 아무것도 보지 못할 거야. 평원은 오래전에 사라졌어, 내가 보고자 했던 그 땅은.

'위대한 어둠.' 그것이 우리의 모든 평원이 있는 곳 아닌가? 그런데 우리의 평원은 안전해, 상당히 안전해. 그리고 평원 저 멀리, 너무 멀어서 자네와 내가 갈 수 없는 곳, 거기에서는 날씨가 바뀌고 있네. 우리 위의 하늘이 점점 밝아지고 있어. 또 다른 평원이 모두 우리 평원을 향해 밀려오고 있어. 우리는 눈 모양의 세계 안 어딘가를 여행하고 있는 것이네. 그리고 우리는 그 눈이 내다보는 다른 땅들을 아직 보지 못했어."

그는 항상 말을 갑작스럽게 끝냈다. 나는 그와 함께 앉아 술을 마시며 더 이야기가 이어질지 귀를 기울였다. 그러나 그는 눈을 감은 채 자기가 의식을 잃으면 똑바로 일으켜달라는 부탁만 할 뿐이었다.

그날 더 이른 오후, 그는 카메라를 들고 그저 어느 어두워지는 오후의 흔적을 필름에 남기려는 사람처럼 사진을 찍었다. 그러나 나는, 그리고 아마도 다른 몇몇 사람도, 그의 의도가 그곳에 참석한 사람들이 기억하고 싶어 할 그런 장면을 사진에 남기는 것이 아님을 알았다.

일행은 나무가 우거진 시냇가 두둑 옆에 늘 자리 잡았다. 오후 내내 사람들은 물이 보이는 자리를 찾아 여러 무리로 나뉘었다. 심지어 모임의 중심에서 거리를 두고 산책하는 커플들도 우거진 나무와 더욱더 푸른 풀밭이 있는 시냇가를 벗어나지는 않았다. 그런데도 물웅덩이나 돌이 많은 얕은 시냇물가를 배경으로 포즈를 취한 사람은 없었다. 몇 주 후 사진을 살피던 나는 배경에 알아볼 수 있는 뚜렷한 랜드마크가 없다는 것을 알아차렸다. 외지인이라면 그냥 수 킬로미터씩 떨어진 10여 군데서 따로 찍은 사진이라 생각했을 수도 있었다.

그리고 사진에 찍힌 사람들의 모습은 그들이 기억하는 그날 오후의 자신 모습과도 많이 달랐다. 하루 대부분을 평원에서 한 젊은 여성과 함께 오랜 시간을 보내며 구애도 했던 한 남자는 나중에, 사진에서 두드러지게 혼자 있는 자신을, 저 멀리 모인 여성의 무리, 심지어는 한 번도 다가간 적이 없는 여성을 향해 이끌린 시선으로 바라보고 있는 자신의 이미지를 발견할 것이다.

그렇다고 그날 있었던 일을 심하게 왜곡한 것은 없었다. 그러나 그 모든 사진은 사진을 보는 이들을 혼란스럽게 하는 것이 목적이었던 듯했다. 얼마 지나지 않아 '자신들의 모습을 보기'를 요청한 사람들은 어땠을지 몰라도, 한참 세월이 흐른 후 실제로 살았던 삶의 초기 증거를 찾으려 그 사진들을 본 이들이 있다면 아마도 몹시 혼란스러웠을 것이다.

그들은 인화된 사진을 서둘러 대충 붙인, 장식 없는 앨범을 넘겨보며 그 오래전에도 그들이 매력적이라 느꼈던 것을 외면하는 눈들을 발견할지도 모른다. 어떤 남자는 자신을 받아주었던 유일한 그룹의 일원으로 비치는 것이 싫어 초조한 모습이다. 또 어떤 남자는 훗날 자신이 절대 가깝게 지낸 적 없다고 주장했던 이들과 한데 어울리고 있는 모습이다. 그렇게 있음 직하지 않은 이 사진들의 배경을 살펴보면 예전에 그리도 선호하던 풍경을 거의 찾을 수 없어, 이 주제를 연구하는 학생들은 과거에 포착한 낯선 장소에 경의를 표하거나, 어쩌면 평원에서 사랑받던 특정 장소들이 오래전 이미 사라졌다는 결론을 내릴지도 몰랐다.

나는 종종 세월이 흐른 후 그런 '장면'들에 내가 남긴 얼마 되지 않는 흔적이 어떻게 받아들여질지 궁금했다. 어떤 오후에는 다른 건 거의 보지 않고 후원인 장손녀의 얼굴을 스치는 기분의 변화를 지켜본 적도 있었다. 그 아이는 친구들의 수다에 예의상 귀는 기울이면서도 그저 평원 저 중간 어디쯤을 가로지르는 구름 그림자와 스치는 바람만 바라보고 있었다. 그런데 아이의 할아버지인 나의 후원인은 늘 내게 여성들이 모여 있는 쪽을 가리켜 보였다. 그들은 유명한 초상화의 주인공이거나 소설 인물의 모델로 알려져 있었는데, 그때는 그들 주변 평원에서 지켜볼 가치가 있는 어떤 변화도 인식하지 못하는 듯 보였다. 나는 후원인이 가리키는 곳이 어디든 그쪽을 쳐다보거나 혹은 어떻게든 그 여성들과 말 없는 대화나 발설하지 않은 비밀에 완전히 집중하는 것처럼 보이려고 애썼고, 훗날 내가 속한 그 작은 무리의 사진을 본 사람은 그 대화와 비밀이 무엇이었는지 추측하느라 골머리를 앓게 될지도 모른다.

나와 당시의 내 일행들은 평원의 위협적인 햇볕 아래 특징 없는 장소에서 그저 몇 시간 보낸 정도여서 오래 지속되는 확신은 얻지 못했다. 그래도 우리는 당혹스러움과 불확실함을 잠시 내려놓고, 최소한 그 장소와 거기서 보낸 그 시간의 미스터리를 풀어낼 비밀을 안다는 듯이 행동하기로 작당했다, 물론 의식하지 못한 채 그렇게 한 이들도 있었지만. 그리하여 훗날 사진을 보는, 나는 알지도 못할 그 사람들 눈에는 마치 뭔가를 아는 것만 같은 내 모습이 당혹스러움과 불확실함의 또 다른 원인이 됐다.

그 사람들은 무기력을 느끼며 뭔가를 포착하는 자신의 능력에 대해 더욱 의심할 수밖에 없지 않을까? 빛바래고 제대로 정리도 되지 않은 그런 사진, 정확하게 평원 어디서 찍었는지도 알아볼 수 없는 배경, 어울리지 않는 이상한 구성원의 모임, 더구나 그런 문제에 통찰력이 있다는 평판도 전혀 없었던 사람들, 그런데 그들이 어떤 발견을 놓고 함께 속삭이며 미소를 짓고 혹은 심지어 어떤 단서를 응시하거나 가리키며 만족스러운 모습이라면?

사진을 보는 이들에게는 없는 그런 확신에 도달한 듯 포즈를 취한 것은 함께 모여 무리를 지은 사람들뿐만이 아니었다. 혼자 찍힌 남자나 여자도 많았는데, 그들은 옛 삽화나 사진에서 날씨와 풍경을 볼 뿐 실제로 굳이 나가서 하늘이나 대지를 찾아볼 필요가 없다고 말했을 법한 이들이었다. 그런데 그런 이들의 사진도 마치 카메라가 포착하지는 않았지만 무언가 상당히 만족스러운 것을 보는 듯한 모습이어서, 훗날 사람들도 이들의 오래된 사진을 통해서 그들과 같은 생각을 하게 될 것이다.

이런 식으로 포즈를 취한 사람 중 일부는 평소답지 않은 자세를 취하거나 원래는 관심도 없던 것인데 흥미가 가는 척하기도 했다. 또 어떤 이들은 자신을 대상으로 남들이 말하는 루머나 농담에 어울릴 법한 모습으로 사진가 앞에 서기도 했다. 나 역시 내 후원인이 필름 없는 카메라를 내 손에 쥐여주며 앞쪽 어딘가 있는 인물이나 풍경을 찍는 척하라고 요구하는 일에 익숙해지고 있었다.

*

그런 '장면'들에 있었던 사람 중에서, 이 집안에서 내가 원래 하기로 되어 있던 일이 영화 대본에 적합한 글 집필이라는 걸 떠올린 이는 소수였을 것이다. 그리고 내 최근 프로젝트 중 최고의 작품을 발표하거나 설명하는 것이 목적인 연례 공개 행사라 불리는 것에 참석한 사람은 더 소수였다.

내가 이 집안에서 후원받는 다른 전문가의 연례 공개 행사에 참석한 지 너무 오래인지라 내 행사가 가장 작은 규모가 되었는지 어떤지는 알 수 없다. 내 행사에 참석한 이들은 리셉션룸의 빈 자리들이나, 기다란 베란다로 나갔을 때 귀뚜라미와 개구리 울어 대는 소리에 자신의 목소리가 압도당하는 것을 그다지 신경 쓰지 않는 것 같았다. 행사 처음 몇 시간 동안, 그러니까 해 질 무렵부터 자정까지, 그들은 함께 모여서 먹고 마시고, 대단한 안목을 갖춘 특권층 엘리트 같은 태도를 보였다. 마치 도서관 뒷방에 있는 은퇴한 학자를 잊지 않았으며, 옛날 언젠가 당시엔 거의 전설적이었던 첫 공개 행사에서 내내 자리를 지켰노라 자랑할 그런 작은 무리의 모습이었다. 자정이 되고 공개 행사가 정식으로 시작되자—여성들은 작별 인사를 했고, 전통적인 등받이 높은 불편한 의자들이 반원으로 배열된 탁자마다 놓였다. 탁자 위에는 위스키가 담긴 디캔터들이 촘촘히 놓였고, 두꺼운 크리스털 디캔터의 커다란 직육면체를 통과한 불빛이 탁자 표면에 조밀하게 얼룩을 남겼다—청중들은 그저 예의를 차려서 아니라 진심으로 관심을 가지는 태도를 보였다. 그들이 기대에 찬 모습으로 기다리는 동안 하인들이 문을 잠그고 행사를 위해 걸린 바이올렛색 이중 커튼을 닫은 다음 사다리를 올라가 커튼과 벽 사이 공간을 공개 행사용 종이로 채웠는데, 그 종이들이 계속 바스락 소리를 내며 주의를 환기했다.

나는 중간중간 그들의 기대를 거의 채워준 것 같았다. 나는 그들이 계속 귀 기울여 듣게 했고, 마침내 그들 중 이런 행사에 어울리지 않는 태도로 주머니에 시계를 숨기고 있던 남자조차 끝에 가서야 슬쩍 시계를 보고는 깜짝 놀라며 흐뭇해했을 것이다. 내가 청중에게는 보이지 않게 종 울리는 줄을 당기자, 소리 없는 그 신호가 먼 곳의 벽감에 전해지고 그곳에 있던 하인들이 조용히 안으로 들어와 그 육중한 커튼을 깜짝 놀랄 정도로 순식간에 당겨 열었다. 그때 들리는 청중들의 부드러운 탄성에서 나는 늘 어떤 안도감을 느끼곤 했다. 예기치 않았던 강렬한 빛에 눈이 부셔서, 어쩌면 평원 저쪽을 향해 멀어지는 잔디밭과 정원 광경에 진짜로 놀라서 그들이 비틀거리며 창문을 향해 가는 것을 지켜보노라면, 나는 내가 일종의 공개를 했다는 것을, 무언가를 드러내 보여주었다는 것을 알 수 있었다. 그러나 나는 또한 이 행사를 열게 된 글에 너무나도 명확하게 묘사된 것을 성취해내지 못했다는 것도 알았다.

내 실패는 내가 단 한 번도 내 프로젝트의 주제—논지와 서사와 설명을 적어도 반나절 동안 계속 이야기해놓고—를 정리하여 결론을 드러내는 정점에 이르지 못했다는 것이다. 그 결론은 예기치 못한 빛 속에 갑자기 등장시킨 창밖의 땅이라는 더 작은 규모의 결론을 어떤 식으로든 강조하거나 대조하거나 예고하거나, 그도 아니면 아예 그 가능성을 부정하는 듯했어야 했다. 후원금을 받는 다른 전문가들—극작가, 장난감 제작자, 직공, 마술사, 실내 정원 조경사, 음악가, 금속공예가, 조류 사육장과 수족관 관리자, 시인, 인형 조종사, 가수와 낭송가, 비실용적 의상 디자이

너와 모델, 경마 역사학자, 광대, 만다라와 만트라 수집가, 결론이 나지 않는 보드게임 발명가, 그리고 말[言]이 아니라도 결과물을 내기 위한 다른 수단이 아주 많은 이들―의 유리한 점이 내게는 없었다고 불평할 수도 없다. 내 경우, 이 집에 온 첫 몇 해 동안 내가 구상하게 될 영화를 준비하고 상영할 장비를 충분히 제공받았기 때문이다. 내 첫 공개 행사 때 부분적으로 어두운 방 한쪽 구석에 나를 향한 빈 프로젝터를 설치하고 내 뒤편에도 빈 스크린을 건 채로 청중들 앞에 서서 나만이 해석할 수 있는 풍경에 대해 열여섯 시간 동안 이야기했던 것은 오로지 나의 결정이었다. 나는 그때 커튼이 열리고 오후의 시작을 보지 못했던 청중들 앞에 깊어진 오후의 대지가 드러나면, 그중 한두 사람은 그들 앞에 펼쳐진 평원에서 늘 탐험하고 싶었던 장소를 보리라 생각했었다. 그러나 세월이 흐르면서 나는 줄어드는 청중 앞에 서 있었고, 방은 여전히 어두웠지만 이젠 텅 빈 스크린조차 걸려 있지 않아, 내가 이야기하는 풍경과 인물이 곧 그들 지역의 장면과 사람으로 등장하리라는 암시조차 없었다. 그때 나는 가장 귀 기울여 듣는 청중조차도 역시나 평원의 등장만을 궁극적인 드러냄으로 받아들인다고 느꼈다. 몇 시간에 걸친 나의 사변적 이야기는 그 평원에 대한 이해에 그저 아주 조금 더 보탬이 되었을 뿐이었다.

매해 왜 내 청중들이 완전히 소멸하지 않았는지 궁금할 때가 있었다. 북동관 3층에 있는 도서관의 가장 안쪽 방에 있노라면, 가끔 늦은 오후 햇살에 그늘이 질 때 혹은 땅거미 내리고 박쥐 떼가 이동할 때 안뜰 건너편에서 소리가 들리곤 했다. 첫 번째 포효, 그 러고 나서 정확하게 예측 가능한 간격 후에 과도한 두 번째 포효가 어느 전문가의 공개 행사가 두 번이나 정점에 이르렀다는 것을 알렸다. 그의 최종적인 성취는 그가 가진 특정 기술의 어려운 매체를 통해 평원 한 부분에 대한 세부 묘사를 제시하는 것이었는데, 이 부분은 묵직하게 열리는 커튼 사이로 나중에 드러난 땅과 별개이면서도 역설적으로 그 의미를 더 본질적으로 규정했다.

후원을 받는 전문가가 너무나 많이 있었고 그들에게 배정된 여러 건물에도, 심지어는 가장 먼 잔디밭과 가장 가까운 우거진 언덕 사이, 정원의 나무 그늘을 인 관사들에도 스튜디오와 작업실이 있어 나는 거의 매주 감탄의 함성을 들었다. 평원의 연구 주제가 너무나 무한히 다양해서 매번 더 발전하면서도 여전히 친숙한 표현으로 돌아오기 때문이다. 가장 열정적인 학자와 후원자 청중들조차 모든 공개 행사에는 참석할 수 없어 많이 포기해야 했다. 나는 매년 내 발표 시기가 다가오면, 이 집 거주자 전부 행사에 참석해 마시고 듣고 하는 힘든 하루에 지쳐 일찍 방으로 돌아가고 이웃 영지에서 도착하는 차도 한 대도 없어, 매년 조용한 숙소에서 걸어 나와 텅 빈 방과 마개를 막은 디캔터들 앞에서 공개 행사를 한다는 몇몇 전문가의 전례를 따르게 될 거라고 예측하곤 했다. 또 나는 종종 이렇게 기대하기도 했다. 하인들이 대단히 정중하게 커튼을 열어 평원의 존재가 고요한 방을 채우면, 내가 청중이 없는 방 한가운데 이상적인 지점에 서서 평원을 바라보려고 노력하는 순간을. 그러나 매년 그 전해에 참석했던 청중 몇 명이 꼭 자리를 지켰고, 새롭게 몇 사람이 내 이야기를 듣기 위해 오기도 했는데, 그들은 어쩌면 다른 유명 전문가들보다 내게 더 호의적이었는지도 몰랐다. 그 전문가들의 다가오는 공개 행사가 내가 위스키를 마시며 조용히 앉아 있던 탁자에서도 화제가 될 정도였지만 말이다.

나에 대한 관심이 이렇게 지속되는 것은 일반적으로 평원인이 명확한 것보다는 숨겨진 것을 선호하는 성향이 있어서일지도 모른다. 그런데 그것은 호감이 가지 않거나 거의 알려지지 않은 것에서 많은 것을 기대하기에 약점이기도 했다. 내가 먼저 이런 질문을 한 적은 없지만, 나는 시간이 흐르면서 소수의 무리가 나를 탁월하게 유망한 영화 제작자로 간주한다는 것을 알게 되었다. 처음 그 이야기를 들었을 때 나는 캐비닛 가득한 메모와 초안들이 어떤 형태로든 이미지로 구현될 가능성은 없다고 대답할 뻔했었다. 나 자신을 시인이나 소설가 혹은 조경사, 풍경 작가, 회고록 작가, 장면 설정 작가 혹은 평원에서 활발하게 활동하는 또 다른 문학 계통 작가로 부를 생각도 했었다. 그러나 내가 이런 식으로 내 직업을 바꾸어 발표했다면 그나마 나를 존경해주는 그 소수의 지지조차 잃었을지도 모른다. 글쓰기가 모든 재능 중에서 평원인이 일반적으로 가장 가치 있게 여기는 일이어서, 그들은 글쓰기가 그 드넓은 평원 거의 모든 곳을 배회하는 저 수천 가지 불확실성을 그나마 해결할 가능성이 가장 크다고 생각했다. 그럼에도 여전히 만약 내가 작가들에게 바쳐진 찬사의 작은 몫이라도 내 것으로 주장했다면, 산문과 운문에 대한 이런 관점에 공감하는 사람들은 내게 거리를 두었을 것이다. 나를 진심으로 좋아하는 사람들도 대부분 평원인이 영화에 관심이 적다는 사실과, 카메라는 평원의 제일 사소한 특질인, 눈에 보이는 빛깔과 형태를 그저 증폭할 뿐이란 주장을 인식하고 있었기 때문이다. 나의 추종자들이 영화가 쓸모없다는 이런 불신에 공감하고 있다는 것은, 언젠가 내가 아무도 예상할 수 없을 장면들을 빚어낼 거라는 말을 해준 적이 전혀 없었던 걸 보면 거의 확실하다. 그들이 찬사를 보내는 것은 내가 카메라나 프로젝터 작업을 꺼린다는 점, 그리고 예상되는 관객에게 아직 보여주지 않은 이미지를 소개하기 위해 오랜 세월 메모를 쓰고 또 쓰는 모습이었다. 이들 중 소수는 심지어 내 조사 과정이 원래 발표했던 목표에서 더 멀어질수록, 내 메모들이 현실의 영화로 실현될 가능성이 적을수록 독특한 풍경 탐험가로서 내가 더 많은 인정을 받게 될 것이라 주장하기도 했다. 그리고 이런 주장이 나를 영화 제작자보다는 작가로 분류하는 것으로 보인다고 해도 내 충실한 추종자들은 개의치 않았다. 그들이 나를 영화 제작자로 보는 분류를 부정하는 것 자체가, 내가 모든 전문적인 글쓰기 중 가장 힘들고 찬사를 보낼 가치가 있는 작업을 하고 있다는 믿음, 그 작업이 그렇게 어려운 과제를 시도함으로써 평원에 관해 정의할 수 없는 것을 정의하는 일에 거의 다가갔다는 자신들의 믿음을 정당화하기 때문이다. 내가 나를 계속 영화 제작자로 소개하는 것이 이들의 목적에 맞았다. 내가 연례 공개 행사에 빈 스크린을 뒤에 걸고 등장해 아직 스크린에 띄울 일 없는 이미지들을 이야기로 풀어내야만 하는 것이다. 왜냐하면 이들은, 내가 하나의 독특한 풍경 — 내가 확신하는 어느 평원의 한 순간을 보여주는 빛과 그 표면의 배열 — 을 깊이 묘사하려 애쓰면 애쓸수록 내가 그 알려지지 않은 평원과 함께 겹겹이 쌓인 언어 속에 깊이 빠지리라는 것을 확신했기 때문이다.

내 후원인의 '장면'에 대한 애정 때문에 내 작업이 아주 자주 중단되던 시절에도 그런 지지자가 여전히 몇 사람 남아 있어, 도서관에서 은둔하며 위대한 작품을 준비하는 소외된 영화 제작자에 대해 잘 안다는 듯이 이야기했을지도 모르겠다. 그들은 적어도 '장면'의 현장에서 평범한 광경을 향해 필름도 없는 카메라를 들고 있는 내 모습에 속지 않을 사람들이었다. 어쩌면 그들은 아직 아무도 직접 본 적 없는 내 이미지 창조는 렌즈와 빛의 파장 같은 것과 무관하다고 말할 의무감을 느꼈을 수도 있었다. 그러나 대개 그들은 모인 사람들의 놀이에 섞여 들어 눈에 띄지 않게 행동했고, 고요한 도서관, 찾는 이 없는 공간에서 블라인드를 내리고 앉아 계절 지나가는 것도 잊던 그 남자가 일상적인 오후의 어떤 순간 빛의 유희를 기록하려 열심인 척하는 모습을 지켜보았다.

구식 카메라를 어색하게 손에 든 채 내 앞 허공을 기꺼이 응시하는 나를 바라보며 미소 짓던 사람들을 지배했던 의견이 무엇이었는지는 그다지 궁금하지 않았다. 그보다는 훗날 내 후원인의 뒤죽박죽 사진 컬렉션에서 거짓 사진들을 보면서 혹여 내가 중요한 무언가에 시선을 고정했다고 생각할 사람들이 훨씬 더 염려스러웠다. 적절한 풍경을 발견하려는 내 노력에 대해 듣거나 읽었던 소수의 사람조차 내가 때로는 내 주변 이상의 것은 보지 못했다고 오해할 수 있을 것이다. 그러고 나서는 그 누구도 내가 사진에서 응시하던 그곳이 어디였는지 단 하나의 특징도 잡아내지 못할 것이다. 그곳은 사진에는 찍히지 않은 그 후원인의 그 '장면' 현장에서도 여전히 보이지 않는 곳이었다. 그러나 누군가는 내가 무언가를 보았고 그 의미를 인식했다는 결론을 내릴지도 몰랐다.

그래서 그 어두워진 오후, 풍경을 관찰하기보다는 손가락으로 가리키는 경우가 많았던 것 같던 '장면'에서 내 손에 카메라가 들릴 때면, 나는 훗날 나를 다른 이보다 더 멀리 보았던 한 남자로 보아줄 어떤 젊은 여성을 떠올리곤 했고, 그러면 나는 늘 내 후원인에게 마지막으로 내가 카메라를 얼굴로 들어 올려 렌즈에 눈을 대는 순간을 기록해달라고 부탁했다. 그때 내 손가락은 나 자신 너머 유일하게 보이는 단서인 어둠을 검은 카메라 안 필름에 포착하려 했다.

옮긴이의 말

"현존하는 가장 위대한 영어권 작가이지만 사람들 대부분은 단한 번도 [그에 대해] 들어본 적이 없다." 2018년 〈뉴욕타임스〉가제럴드 머네인에 대해 한 말이다.

제럴드 머네인은 10년 넘게 꾸준히 노벨문학상 후보로 지명되고 있는 호주의 작가로, 사뮈엘 베케트의 뒤를 잇는 천재라 불린다. 인구 300명도 채 되지 않는 시골 마을에 살면서 호주를 떠나본 적도, 비행기를 타본 적도 없는 이 85세의 소설가가 세계적인 문호로 인정받게 된 작품이 바로 《평원》(1982)이다. 전통적 서사, 플롯, 캐릭터, 역사적 배경을 거의 완전히 배제하여 한마디로 정의하기 힘든 이 글은 그의 다른 작품들과 마찬가지로 오로지 오른손 검지만으로 수동 타자기를 쳐서 작업한 것이다. 은둔하는 괴짜 작가는 21세기에 들어설 때까지도 컴퓨터도 휴대전화도 카메라도 만져본 적이 없으며—아마도 만지고 싶지 않았으며—자신을 주제로 한 학술대회에서 토론 내용 대부분을 따라가지 못했다고도 말하기도 한다. 그에게 저자란 늘 텍스트 안에 존재하는 사람이다.

머네인은 호주 빅토리아주 멜버른에서 태어났고, 소년 시절 내내 아버지의 경마장 도박 빚 때문에 수도 없이 이사를 다니며 불안정한 생활을 했다. 부유한 할아버지가 살았던 작은 만(灣) 지역에서 많은 시간을 보냈지만 할아버지를 좋아하지 않았던 탓인지 수영도 배우지 못하고, 물도 바다도 싫어하게 되었다. 그리하여 '평원을 향해 내륙 쪽을 바라보게' 되었다고 한다.

그는 열여덟 살에 신학교에 들어갔으나 불과 몇 달밖에 견디지 못하고 신앙도 잃었지만, 수도원 수도승의 집필 생활, 헌신적이고 질서 있는 삶에 매료된다. 십대 때는 시인을 꿈꾸기도 했다. 산문 작가가 되려면 인간 행동을 이해하는 능력을 지녀야 하는데 자신에겐 그 점이 결여됐다고 믿은 것도 한 이유였다. 그 후 13년 동안 공무원, 초등학교 교사, 공공기관 에디터 등으로 일했고, 교사인 아내와 결혼 후 직장을 그만두고 '전업 남편'으로서 집에서 아이들을 돌보며 글 쓰는 일에 집중해왔다.

그리고 아내가 세상을 떠난 2009년, 지금의 외딴 시골 마을 고로크(Goroke)로 들어와 '그의 방'에 머물고 있다. 그는 한 인터뷰에서 카프카를 인용하며 자신의 방을 떠나지 않고 머물면 세상이 스스로 그 방으로 찾아올 것이라 한 바 있다. 그리고 실제로 편집자, 학자, 기자들이 그가 어떻게 사는지 보려고 찾아온다고 덧붙였다. 그는 다른 작가들과 잘 어울리지 못하고 나눌 얘기도 별로 없어, 인생의 이 시기에 이곳에서 사는 일이 너무나도 자연스럽고 당연하다고도 말한다.

머네인이 살고 있는 고로크 지역의 사진들을 검색해 한참이나 들여다보았다. 《평원》을 처음 읽었을 때 선뜻 잘 그려지지 않던 마을 풍경이며 끝 간 데 없이 이어지는 지평선이, '평원'의 사전적 의미와 잘 와닿지 않던 언덕과 계곡, 호수 등이 모두 고로크에 있었다. 물론 《평원》은 머네인이 고로크로 이주하기 오래전에 쓰인 소설이지만, 호주는 아마도 '외곽 호주'에서 '내륙'으로 들어가면 그렇게 닮은 듯하면서도 다르고 비슷하면서도 독특한 평원이 펼쳐지는 곳인지도 모른다. 혹은 머네인이 그 '평원'으로 찾아 들어간 것일지도. 그는 그곳에서 맥주를 직접 만들어 마시고, 평원에서 골프를 치고, 세 대의 타자기로 글을 쓴다. 이번 글이 마지막이다, 하면서도 또 쓰고, 진짜 이번 글이 마지막이다, 하면서도 여전히 글을 쓰고 있다. 독자로서는 행운이다.

그는 자신을 '테크니컬 라이터(technical writer)'라고 표현한 적도 있다. 자신에게 '유일하게 가능한 주제인 심상(心像)'을 묘사할 때 백서의 엄격함과 정교함을 추구하기 때문이다. 머네인 연구자인 임레 셜루신스키 교수는 머네인에게 글쓰기는 일종의 '귀중한 저주(머네인의 단편 제목이기도 하다)'로 마음속 이미지들 사이의 연결을 탐구하는 과정이며 그에게는 의무와 같은 일이라고 설명한다. 그렇게 마음속 이미지들을 조각하듯 문장으로 다듬고 또 다듬어 그의 가장 호주인다움을 빚어낸 작품이 《평원》이다.

한 남자가 지도상으로는 어디인지 알 수 없는 호주의 대평원으로 들어온다. 그곳에서 부유한 대지주들의 후원을 받아 평원을 영화화하는 것이 그의 목적이다. 그리고 그의 시선으로 보는 평원이 그려진다. 때로는 동화나 우화의 세계에 빠져든 것만 같고, 때로는 내셔널지오그래픽과 같은 다큐멘터리를 보는 느낌이며, 때로는 시간이란 무엇인가를 사색하는 철학서를 읽는 난해함과 마주하게 된다. 산문시를 읽는 듯한 운율의 아름다움에 빠지기도 하고, 연극 무대에서 독백하듯 대사를 읊조리는 인물들을 관객의 시선으로 마냥 바라보게 되기도 한다. 미술과 음악과 사진을 이야기하는 예술서인가 싶으면 어느덧 남성들의 치열한 권력 다툼을 그린 수컷들의 담론으로 이어진다. 화자인 남자는 오랜 세월 평원에서 지내지만 결국 영화를 찍지 못한다. 아니, 찍지 않는다. 진정한 평원의 본질은 필름에 담을 수 없기 때문일지도 모른다. 어쩌면 이 《평원》이라는 작품 자체가 그가 찍지 못한 영화이기도 하다.

머네인은 자신이 쓰는 글을 '진정한 허구(True fiction)'이라고 말한다. 그의 글은 서술자의 마음속에 있는 특정 내용의 기록으로, '일어난 일, 일어나지 않은 일, 일어났을 수도 있는 일, 결코 일어날 수 없는 일에 대한 성찰'에 대한 보고라는 것이다. 역자는 머네인의 이 말이 《평원》을 가장 잘 표현한 것이라 생각한다. 혹자는 말한다, 이 낯설고 이상한 걸작의 마지막 장을 덮고 나면 한 권의 책을 읽었다기보다 한바탕 꿈을 꾼 것만 같다고. 이 말 또한 동의하지 않을 수 없다. 작가가 섬세하게 묘사한 마음의 이미지들이 한 조각 한 조각 들어와 읽는 이의 마음속에 하나하나 자리 잡더니 어느새 광활하고도 아름다운 풍경이 애틋하고 환상적인 한 편의 꿈이 되어 있었다.

박찬원

은행나무세계문학 에세 • 19
평원

1판 1쇄 발행 2024년 10월 11일

지은이·제럴드 머네인
옮긴이·박찬원
펴낸이·주연선

(주)은행나무
04035 서울특별시 마포구 양화로11길 54
전화·02)3143-0651~3 ┃ 팩스·02)3143-0654
신고번호·제 1997—000168호(1997. 12. 12)
www.ehbook.co.kr
ehbook@ehbook.co.kr

ISBN 979-11-6737-470-7 (04800)
ISBN 979-11-6737-117-1 (세트)